日語助詞王

王可樂妙解 20 個關鍵，日檢不失分

王可樂＋原田千春 老師／著

親近助詞，再搭配單字量及文法的活用，日文一定更上層樓

我常被學生問到：「如何才能寫出漂亮又正確的日文句子？」

對此，我一定會回答說：「單字跟文法的量一定要足夠，而且必須能正確地使用助詞。」

若以人體來做比喻，單字就像肉一樣，文法則像骨架，助詞則是關節，用來將各個骨架（文法）做連結，當肉、骨架及關節能完美地結合在一起，完整的體格（句子）才能呈現，也因此想寫漂亮又正確的日文句子，最有效的方法還是多讀、多學、多練習，絕對沒有速成的方式。

不過學日文可真是不容易，如果是看日劇那就算了，由於日文的文法多，動詞變化也複雜，剛開始學習時總是興致勃勃，但學了幾課後就想放棄，因此如何「有趣」，且「持續」地學習日文，就成了很重要的課題。

《搞懂17個關鍵文法，日語大跳級！》寫的雖然是貓與我，教的卻是文法，賣的是我教學過程中的精華，儘管內容很無厘頭，但很多學生看得開心，能把整本書持續讀完，同時也反饋心得，留言給我們說：「書裡的文法解說很有效！」不少人表示突破了他們的學習盲點、正中他們問題的核心。身為作者能得到這麼多的肯定，我感到非常榮幸，同時更覺得任重道遠，有責任把一身所學傾囊相授，所以很快地就把心底醞釀的

想法實踐了。不過第二本書我打算轉換一下，不寫文法而改寫助詞，因為這麼多年的教學經驗，我發現除了文法之外，很多學生都對助詞一知半解，心裡有許多解不開的毛線團。

日文的助詞種類多，在學術型的教科書中，還會根據它的功用再細分為「格助詞、副助詞、終助詞、接續助詞」等，每個助詞的意思也非常複雜，目前市面上的助詞解說書可以分為兩種：第一種較簡易，雖然多數助詞都會提及，但通常只簡單地介紹一、二個意思而已。另一種解說書較厚也較詳細，不過它的解說又過於多餘，由於內容及例句幾乎都引用自字典，因此解說總是寫得文謅謅，又多又雜的，反而不好懂。後者的解說雖然是比較全面完整，但由於字典所刊載的多數助詞意思，時至今日已經很少人使用了，而隨著時代的變化，部分助詞甚至也有了新的意思，只是字典來不及更新，使得解說書寫仍維持著舊的內容，例如「～やら～やら」在字典及解說書中，一定被解釋為「列舉同類物品」的意思，但實際上它常被用來表示「雜亂的樣子」或「豪爽的感覺」。

為了能正確掌握現代日文助詞中的各種意思，本書也邀請了原田千春老師一起編寫，原田千春老師自京都大學畢業後，就一直鑽研中文跟日文的字彙比較，他在「王可樂的日語教室」主授發音及聽力課程，是我們臉書粉絲頁上大家公認的「美聲發音老師」。他不僅自行開發「相關用語」APP，現在更進行著「聽力課程」APP製作工程。在正式撰寫本書之前，我們兩人先從臉書的讀者私訊、來信中挑出最常被問到的助詞，再綜合教科書中常出現的助詞，將兩者彙整一起後，細分成20個篇章，

由原田老師校正了各個助詞的意思及用法後，一起編寫內容。我們盡量把內容寫得簡單、實用，而且詳細。不過，部分助詞需配合語感一起使用，或是用文字較不好說明，又或者意思相近的助詞，我們也特別表列說明，讓學習者可以一眼就對照出其中差異。

我希望日文學習者不要對助詞抱持著疑惑而不解，要盡可能地以輕鬆的態度學習和釐清助詞的用法。就日文而言，助詞是種司空見慣的存在，只要能親近助詞，再搭配單字量及文法的活用，日文一定能學好，也才能寫出、說出漂亮的日文句子。

在這本書中我依舊以擬人的方式請出三隻貓，外加一隻黑皮狗，為大家做各種例句及情境的說明。內容一樣無厘頭，但相信學習者能像《搞懂17個關鍵文法，日語大跳級！》一樣，從頭到尾把書翻閱幾遍，但願每一位學習者在藉由第一本書打通任督二脈後，能再透過這本《日語助詞王》，讓日語功力大增。

最後，感謝佼樺和小可幫忙翻譯句子，以及嬿筑幫忙彙整表格、日以繼夜的校正內容，沒有你們三位協助，這本書絕對無法如期上市，真的多虧你們，這教室裡有你們真的非常幸福。

「啊！黑皮狗哩～～」

CONTENTS

三貓 · 助詞王劇團

用對字
很重要！

恭喜合格

助詞王

王仔
日文老師。寵養三貓兩狗，自稱不偏私，但五根手指有分長短，愛（可樂）貓成癡，連老媽都嘆「媽不如可樂」。

招牌裝扮是白色圓領衫、短褲，而且是藍白拖的膜拜者，個性極度害羞，每天看到他的臉幾乎都紅通通。儘管內向認生，但是一站到講台上教授日語就彷彿傳說中的《東大特訓班》（ドラゴン桜 龍櫻）的櫻木老師上身，國、台、英、日語交雜，生動活潑的教學，讓台下學生豎起耳朵、瞪大眼睛、手沒停的記筆記，還不忘記笑到噴鼻涕。

當窩
排行：老大　性別：公
興趣：在陽台做日光浴、出門散步逍遙

外表野性十足、個性卻很溫和，隨便人摸都不生氣，而且喜歡跟人ㄎㄟ ㄎㄟ ㄒㄧ ㄡ，比起傲嬌女「王可樂」，其實當窩更愛撒嬌。不過，因為自小流浪在外，長大後才被王仔領回來養，所以不時仍會受到犀利哥靈魂驅使，偷溜出去玩。如果一日不出門，就會生氣地在家裡亂灑尿。喜歡在陽台曬太陽、抓小鳥、追蟑螂。

可樂　排行：老二　性別：母
興趣：睡覺、咬吸管、小老鼠玩具

路上撿來的幼貓，現在已經從小妞變熟女了。因為最受王
仔寵愛，要什麼有什麼，還享有可以自由進出王仔房
間的特別待遇，因此養成驕縱的個性，本來患有輕
微的公主病，到現在已演變成太后病了。

這隻傲嬌女自有一套得寵必殺技，常常為了引起王仔
注意，會故意跑進廁所，假裝要喝馬桶裡的水。而且，在王仔過分投入
工作時，會故意壓住電腦鍵盤，最討厭被打擾的王仔反而會開心地說：
「她擔心我太累才這樣子。」（完全貓奴）

雖然是老二，但因為過分受寵，氣焰高張，誰也不怕，跟老大當窩打架
不說，更是隨時給老三‧小朋友下馬威。一進到王仔的私人領域，第一
時間就是找個紙箱攤睡，還常睡到打呼，因為她的癖好，王仔的房間總
是堆滿了準備換床用的紙箱。

小朋友　排行：老三　性別：母
興趣：磨蹭別人的腳走路、偷呷菜

王仔鄰居小孩棄養的貓。可能是受傷太深，不太信任人，個性恰北北，
除了王媽媽，誰摸她一定都會被抓傷見血（連對主子王仔也沒再客氣
的）。最喜歡趴在平板電視機上取暖（都不會掉下來，真厲害！）

跟老大當窩一樣，都穿著橘色的毛皮，所以常被搞混，通常
都要被她抓傷了，才知道認錯貓了。其實仔細看，小
朋友還是長得很秀氣啦！

Particle **1**

一切「的」都要從「の」開始談起

走在台灣的街道上，若被問到最常看到的日文字是什麼，相信每個人肯定會異口同聲地回答說是「の」吧！

前幾天我帶可樂貓去採買年貨，走到老街上時，發現整條路上好幾家店的招牌，都寫著使用了「の」的店名，什麼「小李の當歸鴨麵線」啦、「蔡頭の菜頭粿」啦、「男前の中藥店」啦，再隨便找了一家專賣南北貨的店舖進去瞧一瞧，「鐵牛の大補丸」「阿爸のスリッパー」「花蓮の麻糬」等……店裡物品的名稱清一色都寫上了「の」。

我跟可樂貓講日文已經全面入侵台灣，她馬上回我：「『の─（No~）！』，是『の』已經全面入侵台灣了。」雖然她講話沒大沒小很想K她，但被這麼一說，我實在無法反駁。話說回來，這個「の」到底是什麼東西，它又有什麼魅力能讓台灣人為之著迷呢？

對多數台灣人而言，「の」象徵的是日文中「的」的意思，也因此「小李の當歸鴨麵線」，就是「小李的當歸鴨麵線」，而「蔡頭の菜頭粿」則是「蔡頭的菜頭粿」，也許在物品名稱上使用「の」會比較帥氣（？），所以台灣人特別喜歡產品名稱上有「の」的東西，就連可樂貓在挑選貓罐頭時，也都挑made in JAPAN的，比起「黑色鮪魚」系列，她更喜歡「黑の鮪魚」系列，殊不知產品名稱加上「の」之後，價格就漲了一倍啊！

然而作為**日文的九大助詞之一**，「の」用來連接名詞，但它的意思**絕不只有「的」這麼簡單**，今天就以可樂貓的「『の』已經全面入侵台灣了」這句話，來跟大家談談日文裡的「の」。

の　PARTICLE

「の」在中文裡，統一翻譯成「的」，但在日文中作為「的」時，它意思多變而且難以捉摸，其複雜度可說是日文助詞之最，絕對能跟「新買的六層DIY書架裡附上的那張組裝說明紙」一較長短，現在就為大家列出最常見的用法，一起來看看吧！

所有格所屬

人物所屬　王可楽は私（わたし）のペットです。　王可樂是我的寵物。

用法 「人物所屬」就是英文裡講的「所有格」，中文裡的「擁有、持有」的意思，要分辨它很簡單，「**の**」前面只要是人或動物，後面接續物品的話，那通常就會是「**人物所屬**」的用法，例如：

例句 弟（おとうと）の靴（くつ）はびっくりするほど臭（くさ）いです。

弟弟的鞋子臭到嚇死人。

お前（まえ）のものは俺（おれ）のもの。

你的東西就是我的東西。

單位、組織所屬　可楽猫は日本語学校（にほんごがっこう）の校長先生（こうちょうせんせい）です。

可樂貓是日語學校的校長。

用法 「單位、組織所屬」用來表示「隸屬於～／身為～的一份子」，此時「**の**」前面通常是「**單位、組織、公司、團體**」，例如：

🔍 例句 五月天は台湾^{たいわん}のロックバンドです。

五月天是台灣的搖滾樂團。

市役所^{しやくしょ}の職員^{しょくいん}は頭^{あたま}が硬^{かた}い。

市公所的職員頭腦不知變通。

存在所屬　雲林県斗六市^{うんりんけんとろくし}の「王可樂的日語教室」
は日本語教室^{にほんごきょうしつ}です。

雲林縣斗六市的「王可樂的日語教室」是日語補習班。

💡 用法　「存在」用法的「の」前面連接地點，後面接續人、動物
或物品，相當於「場所にいる／ある～」的用法，例如：

🔍 例句 枕^{まくら}の染^しみは涎^{よだれ}の跡^{あと}です。（＝枕^{まくら}にある染^しみは涎^{よだれ}の跡^{あと}です。）

枕頭上的汙點是口水的痕跡。

路地裏^{ろじうら}のケーキ屋^やは知^しる人^{ひと}ぞ知^しる名店^{めいてん}。
（＝路地裏^{ろじうら}にあるケーキ屋^やは知^しる人^{ひと}ぞ知^しる名店^{めいてん}。）

小巷裡的蛋糕店是內行人才知道的名店。

屬性特徵

地震<ruby>地震<rt>じしん</rt></ruby>のニュースがありました。　　聽到關於地震的新聞。

💡 **用法**　「屬性特徵」用來說明「の」前面物品的「性質」用，類似「についての～」的用法，**此時「の」前面通常是某種範圍、領域等**，例如：

🔍 **例句**　<ruby>彼<rt>かれ</rt></ruby>の<ruby>書<rt>か</rt></ruby>く<ruby>旅行<rt>りょこう</rt></ruby>のブログは３<ruby>割<rt>わり</rt></ruby>が<ruby>嘘<rt>うそ</rt></ruby>です。

他所寫的旅行部落格有三成是假的。

<ruby>新<rt>あたら</rt></ruby>しいレストランの<ruby>評判<rt>ひょうばん</rt></ruby>は<ruby>上々<rt>じょうじょう</rt></ruby>。

新開的餐廳被評論為非常讚。

產地

これは<ruby>韓国<rt>かんこく</rt></ruby>のバラエティ<ruby>番組<rt>ばんぐみ</rt></ruby>です。　這個是韓國的綜藝節目。

💡 **用法**　「產地」用來表示「某國或某公司生產、製造」的意思，當「の」用來表示產地時，前面連接「國家／公司」，後面接續物品，例如：

🔍 **例句** アップルのノートを買うとスターバックスへ行きたくなります。

買了蘋果的筆電，就會想去星巴克。

「黑心工廠」の食品は全く食べる気がしない。

我一點也不想吃「黑心工廠」生產的食品。

 **對等關係**

猫の王可楽は人を怖がりません。　　　　　　　　　　貓咪王可樂不怕人。

💡 **用法** 「對等關係」指的是「の」前後面連接的人、物品，其立
場或身分地位是相同的，例如「猫の王可楽」其對等關係
為「猫＝王可楽」，對等關係的**標準句型為：「Ａの Ｂ
は～／～はＡのＢです」**，例如：

🔍 **例句** 年下の彼氏と付き合っています。（年下＝彼氏）

跟比自己年紀小的男朋友在交往。

心配性の母は飛行機に乗ったことがない。（心配性＊＝母）

愛操心的媽媽從沒有搭過飛機。（＊心配性：愛操心的人＝媽媽）

動作的對象（受詞）

可楽猫の世話は大変です。　　　　　　　　照顧可樂貓很辛苦。
（せわ）（たいへん）

💡 用法　「動作對象」用法的「の」，**前面連接動作的對象，後面接**
　　　　　續「帶有動作性質的名詞」，是個「動詞的名詞化」用法，
　　　　　例如：「可楽猫の世話」＝「可楽猫を世話すること」。
　　　　　→「受詞の動作性名詞」＝「受詞を動作性名詞すること」

🔍 例句　車の運転は10年ぶりです。（＝車を運転するのは10年ぶりです。）
　　　　　（くるま）（うんてん）　　（ねん）　　（くるま）（うんてん）　　（ねん）

　　　　　我已經10年沒有開過車了。

　　　　　お札のコピーは違法だ。（＝お札をコピーすることは違法だ。）
　　　　　（さつ）　　　　　（いほう）　　　（さつ）　　　　　　　　（いほう）

　　　　　印製鈔票是違法的。

 ## 動作主

子供の成長は早いです　　　　　　　　　　小孩子的成長是很快的。
（こども）（せいちょう）（はや）

💡 用法　「動作主」用法的「の」，**前面連接進行動作的人或事，**
　　　　　後面接「帶有動作性質的名詞」，也是「動詞的名詞化」

用法，如：「子供の成長」＝「子供が成長すること」。

→「主詞の動作性名詞」＝「主詞が動作性名詞すること」

🔍例句 桜の開花が遅れています。（＝桜が開花することが遅れています。）

櫻花的開花時間延遲了。

親友の裏切りが許せない。（＝親友が裏切ったことが許せない。）

無法原諒好友的背叛。

 ## 具體的時間

夜中の12時に黒皮犬はいつも吠えています。

半夜12點的時候，黑皮狗都會吠叫。

💡用法 為描述更具體的時間，可用「時間の時間」來表示。若後面再接續動詞會形成「在某時間做某事」，例如：

🔍例句 2006年の春、可楽猫が我が家に来ました。

2006年的春天，可樂貓來到我家。

先週の火曜日、彼氏と大喧嘩してしまった。

上禮拜二和男朋友大吵一架。

数量／順序

私は3匹の猫を飼っています。 我養了三隻貓。
わたし　びき　ねこ　か

 用法 「數量／順序」用法的「の」，**前面連接數量詞或序數**，
後面連接名詞，形成「幾個／幾隻／幾張的～」或「第～
的」用法，例如：

例句 兄の四度目の結婚が永く続くことを願っています。
あに　よんどめ　けっこん　なが　つづ　　　　　ねが

希望哥哥的第四次婚姻能走到最後。

旅行で一ヶ月分の給料を使ってしまった。
りょこう　いっかげつぶん　きゅうりょう　つか

因為旅行把一個月的薪水花光了。

 状態

台風の夜、停電が起きました。 颱風之夜停電了。
たいふう　よる　ていでん　お

用法 「**狀態**」用法的の，以「AのB」的句組出現。A通常是某
情況、特徵、顏色、形狀等情況，用來表示「A狀態下的
B」，例如：

例句 停電の夜、便器から花子の手が出てきた。

停電的夜裡，花子的手從馬桶裡出現了。

地震の時、みんなフェースブックで騒ぐ。

地震發生時，大家都在臉書上洗版。

🌸 **王仔愛的小提示**

「の」除了上述「的」的意思外，還能用來
「包山包海」，我們幾乎可以把電腦、手
機、穿過的臭襪子、臭酸的便當等所有的物
品，甚至是可樂貓、小強等活體動物，全都
用「の」替代或省略掉，「の」在「省略／
代替名詞」的功能上，是非常好用的。

省略前面出現過的物品

このペンはわたしのです。　　　　　　　　　　這枝筆是我的。

💡 **用法** 如同英文的「This pen is mine」般，在日文的所屬句中，**同
一個句子裡，前面出現過的物品，當句中再次出現時，會
使用「の」將相同的物品做省略**，例如：

このペンはわたし「のペン」です ➡️ このペンはわたし「の」です。

🔍 例句 証明写真は10年前のをずっと使っています。

一直使用十年前拍的證件照。

トイレに前の人のが流れずに残っていた。

廁所裡殘留著前一個人沒沖掉的大便。

 ## 代替こと／もの

可楽猫は寝るのが好きです。　　　　　可樂貓喜歡睡覺。

可楽猫が食べたいのはフォアグラです。可樂貓想吃的是鵝肝醬。

💡 用法 **普通體連接「の」時，可以用來代替「こと／もの」，例如**
「寝ることが好きです」＝「寝るのが好きです」／「食べたいものはフォアグラです＝食べたいのはフォアグラです」，此時「の」可適當中譯為「這件事／這東西」。

🔍 例句 ネットで他人の悪口を書くのが楽しみです。

在網路上寫別人壞話是種樂趣。

猫でも政治家がお金で票を買っているのを知っています。

連貓咪都知道政治家都用錢買票。

もらったプレゼントで一番役に立っているのは鞄です。

收到的禮物中最有用的是包包。

果物は腐りかけているのがおいしい。

水果在快壞掉時最好吃。

 代替ひと

向こうに立っているのが弟です。　　站在那邊的人是我弟弟。

💡 **用法**　普通體連接「の」時，也可以用來取代「ひと」，例如「向こうに立っている人が弟です」＝「向こうに立っているのが弟です」，此時「の」的中文可以翻譯為「這個人」。

🔍 **例句**　言葉にしなくても気持ちが通じるのが親友です。

不需要語言也能心意相通就是知己。

犯人を捕まえたのは勇敢な女性店員だった。

抓到犯人的是勇敢的女店員。

 代替某種情況

鍵を忘れたのに気がつきました。　　　發現忘記帶鑰匙了。

💡用法　普通體連接「の」，後面接續「気がつきます／感じます／見ます／聞きます」等身體感覺到的、看到的、聽到的「體感動詞」時，「の」用來表示某種情況或樣態。

🔍例句　テレビでたくさんの家が地震で潰れたのを見ました。

在電視上看到很多房子因為地震被震垮。

可楽猫が私の悪口を言うのを聞きました。

聽到可樂貓講我的壞話。

 代替ため

成功するのには努力が必要です。　　　要成功就需要努力。

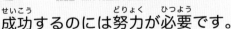

💡 **用法** 「動詞原型」連接「の」＋「に」時，後面通常會接續「使います／かかります」或「便利、不便、役に立ちます」等帶有評價性的詞類。

🔍 **例句** このアプリは安い（やす）ホテルを探す（さが）のに役（やく）に立ち（た）ます。

這個軟體對於找便宜的飯店很好用。

雲林（うんりん）の新幹線（しんかんせん）の駅（えき）は電車（でんしゃ）から乗り（の）換える（か）のに非常（ひじょう）に不便（ふべん）。

雲林的高鐵站在火車的換乘這點上非常不方便。

❀ **王仔愛的小提示**

我們常會罵某官員「換了座位後就換了腦袋」，這情況「の」也是有的，當我們把「の」換個位置放在句尾時，它就產生「疑問」，當我們把「の」拿去接續「です」時，它又變成「說明原因理由或某種情況」。

表示疑問

最近元気（さいきんげんき）ないけど、どうしたの？

最近沒什麼精神呢！怎麼了嗎？

💡 **用法** 「の」放在句尾時，會形成疑問句，用來表示對對方的關心，此時句尾聲調需提高。

🔍 **例句** 半袖で寒くないの？

穿短袖不會冷嗎？

嫌な顔をして、何かあったの？

一副不開心的表情，發生什麼事了嗎？

 說明理由原因

彼氏が二股していたんです。

男友劈腿了。

💡 **用法** 「のです」可以用來說明原因理由或狀況，此種用法只能對平輩或晚輩用，但若是以「～のですが」的形式出現時語氣較委婉，就可以對上位者使用。另外在口語用法中，常以「ん」取代「の」，形成「んです」的用法。

🔍 **例句** A：どうして学校へ来なかったんですか。

為什麼沒來學校呢？

B：風邪を引いたんです。

因為感冒了。

あの、社長の奥さん、新しい車を買ったのですが、私と一緒に
ドライブに行きませんか。

那個……社長夫人，我買了新車，要不要和我一起去兜風啊？

✿ 王仔愛的小提示

「の」在句子中還能作為主詞取代「が」。另外「の」還能跟其他
助詞合作，把很長的「動詞的名詞句」變短，「の」還能將情況做
更「詳細的説明」。

 ## 替代連體修飾句中的主詞「が」

私の住んでいる町には、デパートがありません。

我住的城鎮裡沒有百貨公司。

💡用法 所謂的「連體修飾句」，指的是「動詞／い形容詞／な形
容詞的普通體＋名詞」的句子，**在連體修飾句中，「が」
可以用「の」替換。**

🔍 例句 髪の長い人はドライヤーで人生を浪費している。

（＝髪が長い人は ……）

長頭髮的人用吹風機在浪費人生。

テレビに興味のある若者は絶滅の危機に晒されています。

（＝テレビに興味がある若者は……）

對電視有興趣的年輕人正處於滅絕的危機中。

 ## 縮短名詞句

駅までの道を教えてください。

請告訴我去車站的路。

💡 用法 在口說或文章標題中，常以「から、まで、で、へ、と」助詞連接「の」，可連接物品或動作性名詞，將「連體修飾的名詞句」縮短，例如：「駅まで行く道」＝「駅までの道」。

🔍 例句 昔の恋人からのラブレターをこっそり残しています。

（＝昔の恋人から受け取ったラブレターをこっそり残しています。）

偷偷留著從以前戀人那收到的情書。

神戸<ruby>神戸<rt>こうべ</rt></ruby>での<ruby>焼肉<rt>やきにく</rt></ruby>が<ruby>忘<rt>わす</rt></ruby>れられない。

（＝<ruby>神戸<rt>こうべ</rt></ruby>で<ruby>食<rt>た</rt></ruby>べた<ruby>焼肉<rt>やきにく</rt></ruby>が<ruby>忘<rt>わす</rt></ruby>れられない。）

忘不了在神戶吃到的燒肉。

 ## 說明具體情況

<ruby>彼<rt>かれ</rt></ruby>は<ruby>他人<rt>たにん</rt></ruby>についての<ruby>悪口<rt>わるぐち</rt></ruby>は<ruby>一切<rt>いっさい</rt></ruby><ruby>言<rt>い</rt></ruby>いません。

他從不說別人的壞話。

💡 **用法** 「について、にとって、として」後面接續「の」，可以用來表示「情況更詳細的說明」，其標準句型為：「ＡについてのＢ（關於Ａ的Ｂ）」「ＡにとってのＢ（對Ａ而言的Ｂ）」「ＡとしてのＢ（作為Ａ的Ｂ）」。

🔍 **例句** ここは<ruby>私<rt>わたし</rt></ruby>にとっての<ruby>第二<rt>だいに</rt></ruby>の<ruby>故郷<rt>ふるさと</rt></ruby>です。

這裡對我而言是第二個故鄉。

すぐに<ruby>仕事<rt>しごと</rt></ruby>を<ruby>辞<rt>や</rt></ruby>めるのは、<ruby>社会人<rt>しゃかいじん</rt></ruby>としての<ruby>自覚<rt>じかく</rt></ruby>が<ruby>足<rt>た</rt></ruby>りない。

一下就把工作辭掉，是缺乏身為社會人該有的自覺。

說到這邊，大家一定會覺得「の」實在太厲害了，根本是萬能的，雖然有點誇大其辭，但「の」的功能真的很多，在中文裡我們所使用的「の」，只是「氷山の一角」，眾多意思之一而已。

對於如此多變的「の」，我們該如何面對它，跟它打交道呢？根據我的經驗，我們確實可以**用中文的「的」來理解「の」，但這只限定在一般簡單的會話或口語中**，如果「の」是出現在文章文法等考試的問題裡，我們就必須考慮它在句中真正的意思，因為「的」＝「の」，但「の」≠「的」。

儘管有人建議可以用字典查詢助詞的意思及用法，但這只適合高階學習者，因為初學者光是翻到「の」的「第一頁」，可能就嚇呆了，因為「の」意思分太細，解釋又太多，因此究竟哪個解說才符合自己想查詢的用法，可能找也找不到，又或者可能將「の」的其他用法，誤套用到自己想查詢的「の」上，這只會讓腦袋打更多結，而且「の」跟其他助詞做結合後，又會產生不同的意思，這也必須一併注意。

「の」是個很初級的助詞用法，連可樂貓都懂得買罐頭要買上面有「の」的，因此建議大家輕鬆一點看待它就可以了，雖然它的用法很多，但真正會用到，而且重要的部分，就是我們在這篇裡介紹到的用法，只要能吸收這一篇，應該就能放心了。

可樂貓吃飯助詞の習作

解答參考〈日檢模擬測驗練習本〉

你真的看懂、學會了嗎?馬上驗收一下。

練習一

Q:「学生の陳さんは日本語が上手です。」

以下,符合例句內容的是哪一個?

① 小陳是學生。

② 學生裡有位叫小陳的人。

✎ 解答:

練習二

Q: Ⓐ「あそこに髪が赤い人がいます。」
　　Ⓑ「あそこに髪の赤い人がいます。」

以下,正確的是哪一個?

① A是錯的

② B是錯的

③ A與B都沒錯

✎ 解答:

練習三

Q: 以下,最常被使用是哪一個?

① 昨日、どうして休んだ?

② 昨日、どうして休んだの?

✎ 解答:

雖然可樂貓是我的「死忠兼換帖」，但我真的覺得她年紀都一大把了，怎麼還那麼喜歡看偶像劇，她特別喜歡看那種發生在公司裡的戀情；就是新上任的年輕多金又帥氣的高學歷社長，活了30多歲了，連一次戀愛都沒談過，卻不小心愛上新來的女職員，儘管戀情被社長的爸爸和公司裡的課長等職員阻撓，但兩人最後修成正果，幸福結局終於來臨……

我跟可樂貓講，最好有那種30多歲高富帥卻沒談過戀愛的人，偶像劇都是騙很大的唬爛王，一切都是假的。但可樂貓偏偏就是喜歡，才看完日本版的，馬上就找韓國版的來看，韓國版的看完了，再銜接上剛搭上熱潮的台灣版同類偶像劇……我每天的生活就被這些社長罵菜鳥職員笨，卻又不小心愛上菜鳥職員的劇情所包圍，都快要ノイローゼ 精神分裂了。

不過說到社長，我就會聯想到日文中的助詞「は」，還有位於它下面，相當於課長的助詞「が」，以及另一位課長，助詞「も」排山倒海似的浮想聯翩。

為什麼我會想起「は・が・も」這三個助詞呢？這是因為它們在日文的句子中，都足以擔任領導，也就是可作為「主詞」用。

然而，「は・が・も」在日文中除了具有主詞的用法外，它們還有其他的用法，今天就先跟大家介紹一下，它們作為助詞時，最主要也最常出現的用法。

は PARTICLE

「は」可說是日文中最重要的存在，因為它主宰著整個日文句子，如果用公司來理解的話，「は」就是社長，如果用神明來理解的話，「は」就是玉皇大帝。總之，在日文句子中，天大地大沒有「は」大。另外，「は」也可以用來說明人物的特徵及其進行的動作，還可以用來做對比跟加強否定用，需注意的是在50音中我們學到「は」唸「哈哈哈」的「哈（ha）」，但作為助詞時，它一律唸成「哇賽」的「哇（wa）」。不囉嗦，馬上來認識一下「は」最常見的用法吧！

 **說明**

介紹、定義人物及其特徵

これは5年前(ねんまえ)の写真(しゃしん)です。

這是5年前的照片。

💡**用法**　「說明」可用於「**介紹、定義人物及其特徵**」用，也可用於「**說明某人物做了某事情**」用，在作為「**介紹、定義特徵**」時，以「AはBです」的名詞句型出現，其中A是主題（類似文章題目），B則用來說明A的內容、特徵（這是篇什麼樣的文章），更簡單地說：「AはBです」是「A是（什麼樣的）B」的意思，例如：

🔍**例句**　あの芸能人夫婦(げいのうじんふうふ)は仮面夫婦(かめんふうふ)です。

那對藝人夫妻是假面夫妻。

黒皮犬の趣味(しゅみ)は段(だん)ボールをボロボロにすること。

黑皮狗的興趣是把紙箱咬得破破爛爛。

說明人物做了某事

可楽猫は部屋(へや)で寝(ね)ています。　　　可樂貓正在房間睡覺。

💡**用法** 當「は」作為「**說明人物做了某事**」時,以「**AはBます**」**的動詞句型出現**,用來表示「**A做了B動作**」,例如:

🔍**例句** 小朋友はキッチンでこっそりと魚を食べます。

小朋友在廚房偷偷地吃魚。

黒皮犬はそこら中の電柱でおしっこをする。

黑皮在那邊的所有電線桿上尿尿。

 對比

昼は暑いですが、夜は涼しいです。

雖然白天很熱,但晚上很涼。

💡**用法** 「對比」用來「**說明二個主題的特徵跟立場是不同的**」,以「**Aは〜が、Bは〜**」**的句型出現**,在此句型中,AB後面的助詞如果是「を、が」時,會被は取代,但如果是「へ、と、で、に」等助詞時則直接接續は,形成「へは、とは、では、には」,而A與B的立場通常是相反的,例如:

例句 日本のマヨネーズは酸っぱいですが、
台湾のマヨネーズは甘いです。

日本的美乃滋是酸的，但台灣的美乃滋是甜的。

人前では良いことばかり言いますが、裏では悪口ばかり言う。

在人面前盡說好話，但在背後卻一直說壞話。

大權限

この猫は王可楽です。太っています。

いつも寝てばかりです。

這隻貓是王可樂，很胖，總是在睡覺。

用法 「大權限」指的是「は」可以從句子頭管到句子尾，影響
力非常大，甚至文章中只要沒出現第二個「は」，整篇文
章的主詞就是唯一出現的那個「は」。

例句 レンブは果物です。
マンゴーほど人気がありませんが、おいしいです。

蓮霧是一種水果，雖然人氣沒有芒果來得高，但很好吃。

台湾は島国です。プレートがぶつかる場所に位置して、
地震が多いです。

台灣是島嶼國家，位在板塊交界帶，所以地震很多。

❀ 王仔愛的小提示

上述主詞分別為蓮霧和台灣，因此即使第二句未提及主詞，仍可以
知道是在描述蓮霧和台灣。

が

PARTICLE

「は」是日文句中的老大，從句子頭管到句子尾，而「が」則是排
行老二，後面只能帶著一個小弟，它不但能限定對象，還能用來表
示眼前所見的事物及設定條件。

限定對象

あの人が下着泥棒です。

那個人就是內衣小偷。

💡 用法　「限定」指的是**在許多人物中，只有該人物是我們所指定**

的東西，或只有該人物進行某動作，例如「あの人が泥棒
です。」指的是在眾多人物中，只有「あの人」是小偷，
另外「疑問詞＋が」疑問句必須用「～が～」的句型回
答，這也是種「限定」的用法。

🔍例句 A：いつが誕生日（たんじょうび）ですか？　　　　　　生日是在什麼時候？
B：7月11日（がつ　にち）が誕生日（たんじょうび）です。　　　生日是在7月11日。

A：どんな人（ひと）がタイプ？　　　　　什麼樣的人是你的菜？
B：頭（あたま）が良（よ）くて、ユーモアのある人（ひと）がタイプ。

頭腦好、有幽默感的人是我的菜。

✿ 王仔愛的小提示

「は、が」會根據疑問詞位置的不同，而產生不同的問句：

• 「疑問詞＋が」，此時答句必須用が回答，例如：

A：誰（だれ）が黑皮ですか。　　　　　　誰是黑皮？
B：この犬（いぬ）が黑皮です。　　　　　這隻狗是黑皮。

• 「は＋疑問詞」，此時答句必須用は回答，例如：

A：黑皮はどんな犬（いぬ）ですか。　　　黑皮是一隻什麼樣的狗呢？
B：黑皮は毛（け）が真（ま）っ黑（くろ）な犬（いぬ）です。　　黑皮是隻毛色烏黑的狗。

現象

危ない。車が来ましたよ。
あぶ　　　　くるま　き

危險，車子來了喔！

💡用法　「現象」用來指「我們眼前看到的事物」，由於是「眼前
所見」，所以可以搭配「くそ 靠、やばい 慘了」等感動、感
嘆詞一起使用，例如：

🔍例句　ほら、あの人が王さんじゃない？
ひと　おう

你看，那個人不是王仔嗎？

わあ、桜がきれい。
さくら

哇！櫻花好漂亮。

能力

指パッチンができます。
ゆび

我會彈手指。

💡用法　「能力」用法的「が」後面連接「わかります、できます」等「能力動詞」，會形成「〜がわかります／できます」等能力句型，這相當於英文中的「can／could〜」，用來表示「懂〜／會〜／可以〜／能夠〜」，例如：

🔍例句　台詞（せりふ）の意味（いみ）がわかりません。

不懂這台詞的意思。

黒皮犬は口笛（くちぶえ）がほとんどできない。

黑皮幾乎不會吹口哨。

形容詞的對象

雨（あめ）の匂（にお）いが好（す）きです。

我喜歡下雨的味道。

💡用法　相較於「を」接續動詞，用來表示動作的對象，「が」則可連接「喜好厭惡」等心理性的形容詞，也可以連接「擅長、不擅長」等程度的形容詞，用來表示形容詞的對象。

例句 小朋友は死んだふりが上手です。

小朋友很擅長裝死。

四次元ポケットがほしい。

我想要百寶袋。

 身體的感覺

このメロンパンはステーキの味がします。

這個波羅麵包吃起來有牛排的味道。

💡 用法　「が」可以用來表示「聞到、聽到、感覺到～」等「身體五官的感覺」，通常以「匂い、音、声、味、気」搭配「～がします」的句型出現，例如：

🔍 例句　可楽猫のおしりは疲れた心が癒される匂いがします。

可樂貓的屁股有著療癒疲憊心靈的味道。

なんとなく、悪いことが起きるような気がする。

總覺得有不好的事要發生了。

 **條件**

もし腹筋が6っつに割れていたら、

facebookで自慢したいです。

如果我有六塊肌的話，我想要在臉書上炫耀。

💡 用法 「が」跟「と、なら、たら、れば」的假定用法結合後，
會形成條件句型，由於此時「が」不能被任何助詞替代，
因此條件句型中，其主詞一定是「が」，例如：

🔍 例句 部長が出張でいないと、職場のテンションが上がります。

部長一旦出差不在，工作場所的氣氛就會很high。

私が警察なら、ヘルメットを被らないおばあさんに切符を
切りたい。

如果我是警察，我想要給沒戴安全帽的阿姨開罰單。

 小權限

春は風が涼しく、杉花粉が多い季節です。

春天是有涼風且杉花粉很多的季節。

💡 **用法**　「小權限」指的是「が」作為主詞時，其**影響力只對應到它後面接續的第一個詞類或句型**，例如「春は風が涼しく、杉花粉が多い季節です。」句中，「風が」只影響「涼しく」，而「杉花粉が」只影響「多い」而已。

🔍 **例句**　私はゆうべ地震が起きた時、家で寝ていました。

昨晚發生地震的時候，我在家裡睡覺。

＊が的影響力只到「起きた時」，而「私は」的影響力是從頭到尾。

妹は私が26歳の時、可楽猫を拾ってきた。

妹妹在我26歲的時候撿到可樂貓。

＊が的影響力只到「26歳の時」。

 連體修飾句的主詞

頭がでかい人は雨に強い。

頭大的人不怕雨淋。

💡**用法** 所謂的「連體修飾句」指的是「動詞／形容詞的普通體＋名詞」的句子，也就是英文中的「關係代名詞」，例如；

大_{おお}きい犬_{いぬ} 大隻的狗、元気_{げんき}な犬_{いぬ} 健康的狗、夜中_{よなか}に吠_ほえる犬_{いぬ} 晚上會叫的狗。

在連體修飾的句型中，主詞必須是「が（部分情況下也可用「の」替換）」。

🔍**例句** 前_{まえ}の彼氏_{かれし}がくれた指輪_{ゆびわ}を妹_{いもうと}にあげました。

我把前男友給的戒指送給妹妹了。

郭苔明さんが金色_{きんいろ}のスカーフをつける
理由_{りゆう}は縁起_{えんぎ}がいいから。

郭苔明戴金色圍巾是因為吉利的關係。

も

「も」可以跟在「は、が」後面，用來強調相同的情況或特性，也可用來強調數量，還能表示極端情況或加強句子的否定。

表示相同的情況

人は生まれる時は一人です。死ぬ時も一人です。

人出生的時候是一個人，死的時候也是一個人。

💡**用法**　「も」在表示相同的情況時，會跟在「は、が」的句子後面，典型的句型為「Aは～です／ます。Bも～です／ます。」用來表示「B跟A都是同樣的～」，或B做了跟A同樣的動作」，例如：

🔍**例句**　ロトはギャンブルです。保険もギャンブルです。

買彩券是種賭博，買保險也是種賭博。

止まない雨はない。終わらない不幸もない。

沒有不停的雨，也沒有無止盡的不幸。

極端

あの食堂は料理がまずくて、犬も食べません。
<small>しょくどう りょうり いぬ た</small>

那家餐廳的食物很難吃，連狗都不吃。

💡 **用法**　「極端」指的是「表示某種情況非常嚴重，其程度超乎一般人想像」，「も」作為「極端」意思時，會取代「を、が、は」助詞，但如果是「へ、と、で、に」等助詞時，會接在其後面形成「へも、とも、でも、にも」，也可省略只用「も」表示。

🔍 **例句**　彼女はやきもちで、
<small>かのじょ</small>
私が他の女性と挨拶するだけでも怒る。
<small>わたし ほか じょせい あいさつ おこ</small>

女朋友很愛吃醋，
我連跟其他女生打個招呼她都會生氣。

英語は発音が難しくて、
<small>えいご はつおん むずか</small>
「apple」も正しく読めません。
<small>ただ よ</small>

英文的發音很難，
我連「apple」都無法正確發音。

給我一個阿婆！

強調數量

親友(しんゆう)が一人(ひとり)もいません。　　　　　　我連一個好朋友都沒有。

💡**用法**　「も」可以用來強調數量／次數多或少,當「も」前面接續的是「一」開頭的數字時,用來強調數量極少,當前面接續的是「何度(なんど)、何回(なんかい)」等「何〜」開頭的疑問詞或「いくつ」時,用來表示數量／次數多,例如:

あの人はケチで、1円(えん)もおごりません。

那個人很小氣,連一日圓都不會請客。

何度(なんど)も告白(こくはく)したけど、いつも振(ふ)られた。

告白了很多次,但總是被甩。

完全否定

昨日(きのう)から何(なに)も食(た)べていません。　　　　從昨天開始就什麼都沒吃。

💡**用法**　「も」前面連接「何(なに)、誰(だれ)、どこ」等疑問詞時,會形成「完全否定」句,此時疑問詞後的助詞若為「を、が、

は」會被「も」取代，若為「へ、と、で、に」，可接
在後面形成「へも、とも、でも、にも」，也可省略只用
「も」表示。

◯ 例句　髪を切りましたが、
誰も気がつきませんでした。

我剪了頭髮，但誰都沒有發現。

週末は雨が降っていたので、
どこへも行かなかった。

週末下了場雨，所以哪裡都不去。

在日文句子中，「は、が、も」是最重要的存在，特別是「は」跟
「が」，多數老師總是教得含糊，書本上寫的也太文言，而讓學習
者學得特別辛苦，到最後就變成「跟著感覺走」，雖然「跟著感覺
走」也不錯，但日文的助詞，可不是談情說愛，牽牽手親親嘴這麼
簡單，這三個助詞彼此都有各自的意思，而且又有獨立的用法，因
此掌握正確的意思就很重要了。

當我們對「は、が、も」有初步認識後，建議可以把使用「は」跟
「が」的句子拿出來「對照」複習，這會大大提升學習效果喔！

可樂貓咪教助詞の習作

解答參考〈日檢模擬測驗練習本〉

你真的看懂、學會了嗎？馬上驗收一下。

練習一

Q：以下，錯誤的是哪一個？

❶ 私はスイカが大好きです。

❷ 張さんは料理が上手です。

❸ 電車の出発が何時ですか。

✎ 解答：

練習二

Q：有戶人家的弟弟下週要結婚。

哥哥不出席婚禮而要繼續工作的情況會是下面哪一個？

❶ 弟がハワイで結婚するので、来週仕事を休みます。

❷ 弟はハワイで結婚するので、来週仕事を休みます。

✎ 解答：

練習三

Q：「料理は何も＿＿。」

下列，＿＿應填入的是哪一個？

❶ 作れます。

❷ 作れません。

✎ 解答：

Particle **3**

「在」旅館蓋被子純聊天的「で」

這陣子在新聞上很常看到某某藝人或政治家，被狗仔隊拍下他們跟年輕漂亮的女助理上汽車旅館的照片，當照片被公布在新聞上時，他們會馬上舉辦記者會，然後急忙地說：「我去旅館是為了要跟助理談事情」「不想去咖啡廳談事情的原因是因為怕被狗仔隊拍到」等，基本上每個人的理由都差不多爛，但最誇張的是，竟然有人說是「外面冷，所以進旅館蓋被子，暖暖的聊天很舒服……」，我的天啊，在炎炎夏日，氣溫32度下扯瞞天大謊……

一起看新聞的小朋友冷眼瞪我，生氣地說：「天下的男人比烏鴉跟烏骨雞還黑。」我真倒楣，沒事看電視也中槍。同為男性的當窩卻一副好奇的表情問道：「日本人偷吃時會不會講『我在旅館蓋被子純聊天呢？』」這個嘛，其實我並不清楚啦。因為一、我不是日本人；二、我還沒偷吃過……但這句話硬要翻譯成日文的話，講「ホテルで相談します。<small>在旅館聊天</small>」應該就可以了。在旅館幹什麼，大家

そうだん（above 相談）

心知肚明，中文句子裡的「蓋被子」不過是媒體火上添油，為了提高收視率的強調用法吧！

話說回來，「ホテルで相談します。」的「で」也是日文九大助詞之一，因此在日文中非常常見，它的用法比較簡單。但由於一個句子中能出現多個不同意思的「で」，因此初學者在學習時，很容易搞亂，例如「德州電鋸殺人魔，因為討厭蚊子，所以在院子裡，使用電鋸殺了很多蚊子」，在這個句子中，以日文來看，就出現了「原因理由」「場所」跟「方法手段」三個完全不同用法的「で」。現在，就來跟大家介紹一下「で」作為助詞時，最常見的幾個用法吧！

 ## 方法、手段／交通工具

方法、手段　レンジでチンします。　　　　　用微波爐微波。

💡用法　「で」接續在物品後面時，可以用來表示藉由某種「方法、手段」做某事，相當於英文中的「with」，例如：

例句 定規で背中をかきます。

用三角尺抓背。

若者はLINEで告白する。

年輕人用LINE來告白。

交通工具　飛行機で日本へ旅行した。

搭飛機去了日本旅行。

用法 當「で」前面接續的是「船、車子、巴士、飛機」等交通
工具時，是「搭乘」某交通工具的意思，這種用法相當於
英文中的「by」，例如：

例句 人力車で京都を観光します。

坐人力車遊覽京都。

夜中に出発する飛行機で日本へ旅行した。

搭半夜出發的飛機去了日本旅行。

動作發生的地點

同窓会で初恋の人に再会しました。　　同學會上遇到初戀情人。

💡 **用法**　場所接續「で」，會是「在」某地方做~的意思，這用法
　　跟英文中的「at」相同，例如：

🔍 **例句**　暇な時はスタバで読書します。

有空閒的時候會在星巴克讀書。

事件は会議室で起きてるんじゃない！現場で起きてるんだ！

案件不是在會議室發生的！是在現場發生的！

 原因理由

台風で学校が休みになりました。　　因為颱風的關係學校放假。

💡 **用法**　「で」可以用來表示「原因理由」，相當於「それで」的
　　意思，例如：「地震で、家が倒れました。」＝「地震が
　　起きました。それで、家が倒れました。」

おかげさまで、FB30万人を達成しました。

因為有你，FB粉絲有30萬人了。

借金で首が回らない。

欠債還錢壓得喘不過氣。

 ## 範圍、時間的期限

範圍 あの先生は学校で一番嫌われています。

那個老師是全校最惹人厭的老師。

用法 「で」可以接在某種範圍的後面，用來表示「在～中（某人、某物品最……）」，這種用法後面通常會接「一番」等比較級的用法，例如：「友達で（在朋友圈中，某人最……）」「世界で（在整個世界裡，某處最……）」。

例句 近所にあるレストランでここが一番好きです。

附近的餐廳中最喜歡這裡。

スマホのガラスが割れて、
人生で2番目に落ち込んだ。

手機的玻璃破了，
這是我人生中第2次感到沮喪。

時間的期限　三日で〜

花了三天／三天內

💡**用法**　**數量詞或時間接續「で」時，用來表示「時間的期限」，**
例如「三日で」，可以根據句子的意思，適當翻成「花了
三天」「三天內」等。**在這種句型中，後面的句子通常接
續具有「完成、結束、截止」意思的動詞。**

🔍**例句**　ズボンの裾上げは1時間でできます。

修改褲子長度花一小時就可以完成。

あと1年でワーキングホリデーの資格がなくなる。

再一年就會失去打工度假的資格。

接續

王さんは台湾人で、日本語教師です。

王仔是台灣人，是日文老師。

 用法 相較於動詞て型表示「動作前後順序」，「名詞／な形容詞」＋「で」表示「既～又～、而且、然後」等接續語，相當於英文中的「and」。（注：い形容詞て型變化可參考《搞懂17個關鍵文法，日語大跳級！》）

 例句 彼女は同い年で、職場も同じです。

女朋友和我同年，工作單位也一樣。

妹は泣き虫で、わがまま。

妹妹是愛哭鬼、又任性。

動作的人數

みんなで遊びに行きましょう。

大家一起去玩吧！

💡用法　「で」前面接續人數時，可用來代表進行動作的人數，例如「みんなで遊びに行きましょう」中，「去玩的」是「每一個人」。另外，「みんなで」通常是包括自己在內的。

🔍例句　一人で三人前の焼肉を食べます。

一個人吃三人份的燒肉。

一台のバイクに四人家族で乗る。

一家四口共騎一台摩托車。

狀態

笑顔_{えがお}で私_{わたし}を見_みています。

面帶笑容看著我。

💡 **用法**　「で」也可以用來表示狀態,「在～的情況下,進行某動作」的意思,例如「笑顔で私を見ています。」就是「在笑臉的情況下,看著我」。

🔍 **例句**　黒皮犬_{くら}は暗い顔_{かお}でじっと空_{そら}を見_みつめています。

黑皮面帶憂鬱,一直凝視著天空。

子供_{こども}が汗_{あせ}びっしょりで走_{はし}り回_{まわ}っている。

小孩子汗如雨下的來回奔跑。

費用

100元_{げん}で散髪_{さんぱつ}ができます。

用100元就可以剪頭髮。

💡 **用法**　「で」前面接續金額時,用來表示費用,在這種句型中,

句子後面通常接續交易、買賣行為性質的動詞。

🔍 例句 50元で卵が10個買えます。
　　　　げん　たまご　こか

50元可以買10顆蛋。

一万元で約三万三千円と交換できます。
いちまんげん　やくさんまんさんぜんえん　こうかん

一萬台幣可以換大約三萬三千日幣。

材料

牛肉でカレーを作ります。
ぎゅうにく　　　　　　　つく

用牛肉做咖哩。

💡 用法 「で」有「材料」的意思，用來表示「某東西是以～製造
而成的」，或者「用～製造某物品」，相當於「～を使っ
て」的意思。
　　　　　　　　　　　　　　　　　　　　　　つか

🔍 例句 オムライスにケチャップで字を書きます。
　　　　　　　　　　　　　　　じか

用番茄醬在蛋包飯上寫字。

あの政治家のスピーチは全て嘘でできています。
せいじか　　　　　　　　　　　　すべ　うそ

那位政治家的演講全是由謊言建構出來的。

前面我們已經提過，「で」在日文中是個很較容易入門的助詞，但除了「場所、方法手段」的用法外，很多學生都無法正確使用「で」，甚至對於書上出現的「で」的意思，也經常無法說出所以然。

另外「で」在表示「進行動作的人數」時，有時還能跟「が」做替換，這實在很令人困擾啊！我的建議是，先了解「で」的各種用法，並且對「狀態」「連接名詞」用法的「で」特別做加強，一定要「真正理解」它的意思。

當日文學到一定的程度，從初級轉往中級時，可以開始試著閱讀自己有興趣的文章或雜誌，從裡面出現的句子中，試著去思考「で」的各種意思，有一天，你會發現你所認識的「で」，再也不是只有「在旅館蓋被子純聊天」的「で」那樣單純時，恭禧你，你已經往前邁進一大步，正走向我所走過的日文學習之路。

可樂貓吐槽助詞の習作

解答參考〈日檢模擬測驗練習本〉

你真的看懂、學會了嗎？馬上驗收一下。

練習一

Q：以下，＿＿＿使用「で」的是哪一個？

❶ 机の上＿＿＿本があります。

❷ コンビニ＿＿＿買い物します。

✏解答：

練習二

Q：表示「原因理由」的是哪一個？

❶ そして　　　　❷ それに　　　　❸ それで

✏解答：

練習三

Q：「みんな＿＿＿京都に旅行へ行きました。」

以下，說這句話的人，也有去京都的話，＿＿＿應填入哪一個？

❶ は　　　　　　❷ で

✏解答：

人生就是不斷在「比較」的「より」

前不久一群從台北來參訪的學生專程來斗六看可樂貓，我帶他們進教室，他們在教室裡找來找去就是不見可樂貓，我說可樂貓就在櫃台上躺著啊！他們異口同聲地回答：「櫃台上的明明就是一顆球……」

原來，大家都是看FB粉絲頁上的貓咪大頭照而慕「照」而來，每一個人都以為可樂貓咪很萌，確實，她「曾經」很可愛過，但舊愛跟回憶一樣永遠最美。可樂貓如今已經進入更年期了，脾氣暴躁又中年發胖，加上前陣子採購的年貨都被她一邊看偶像劇一邊吃光光，所以本來三公斤不到的輕巧身材，現在已經是七公斤以上的臃腫身材……萌貓變身成一顆肉球，「甜蜜的負擔」也完美的轉變為「沉重的負擔」。作為她的飼主，雖然我不斷的唸她，但她一點都不在乎，反而用亂七八糟的日文不屑地回我，「私は黑皮より吃得少，黑皮は私より胖胖です」，真是好氣又好笑。

我罵她是全世界最愛計較的貓，她則引用不知從哪部日劇上背來的台詞「より良い人生のために」。過了十分鐘後，她跑來問我：「那個『より』不是『比～』的意思嗎？那より良い人生是什麼？」原來她有注意到自己剛才講了兩個「より」，只不過……她其實把意思搞混了。

在日文中「より」也是最常見的助詞之一，不管是哪種教材，在初級文法中，より最先被介紹的用法就是「比較」，但除了「比較」用法之外，還有許多用法，偏偏初級沒教，中級跳過，高級卻一直出現，因而造成學習者的困擾，一個頭比兩隻可樂貓的肚子都還要大得多。

這裡就來跟大家介紹一下，「より」最實用，也最常被介紹的一些用法吧。

より

PARTICLE

普遍來講，日文學習者第一次接觸到「より」的用法就是「比較」，但是這裡要一次介紹多種「最常見也最實用」的用法，讓大家一次學透。

 **比較**

可楽猫は黒皮犬よりモテます。 　　　可樂貓比黑皮受歡迎。

💡 **用法**　「より」作為「比較」的用法時，其典型的句型為「AはB
より～です／ます」，「A比B～」的意思，這用法相當於
英文的「than」，需注意的是**比較用法的「より」只會出
現在肯定句中**，因此句尾一定是「～です／ます」，另外
「～」的部分放置「形容詞／狀態性動詞」。

🔍 **例句**　公務員だったおばあちゃんの年金は、
残業漬けの僕の給料より多い。

以前是公務員的奶奶，
她的退休金比經常加班的我薪水還高。

三毛爸，
生出一毛小黑？

彼は自分の父親より髪の毛が少ないです。

他的頭髮比自己的父親還要少。

 選擇

黒皮犬とデートするより、死んだほうがましです。

跟黑皮約會還不如讓我去死。

💡**用法**　「より」作為「選擇」的用法時，以「AよりBほうが〜です」的句型出現，中文可適當翻譯為「與其A，倒不如選擇B」。例如：

🔍**例句**　^{がっこう}学校で^{おし}教えるより、

フライドチキンを^う売ったほうがたくさん^{かせ}稼げます。

在學校教書，不如去賣雞排賺得還比較多。

^{しょくじ}食事を^{せいげん}制限するより、^{よるはや}夜早く^ね寝るほうが^や痩せられる。

與其限制飲食，不如早點睡覺更能瘦下來。

 場所、時間的起點

^すスーパーの寿司は^{よるはちじはん}夜八時半より^{はんがく}半額になります。

超市的壽司晚上八點半開始半價。

💡**用法**　「より」前面可接續「場所」或「時間／金額」，後面必須連接動詞，用來表示「從某場所，或某時間／金額開始〜」，此種用法跟「から」相同，但「より」更常見於書信文章或廣告招牌中。

例句 マラソンは競技場よりスタートします。 馬拉松從運動場開始起跑。

すき焼きは2名様より承ります。

本壽喜燒接受2位以上的客人。

境界線

この線より内側に入らないでください。 請勿進入這條線以內。

💡 用法 「境界線」用法的「より」前面連接「某區域」或「某時間帶」，後面接續「先」「前」「後」「上」「下」等帶有方向性質的名詞，表示「從某區域／某時間起，往前往後就～」，這種用法也常見於警示語或警告招牌中。

🔍 例句 10時より前はお店が開いていません。

這間店10點以前還沒開。

彼女は堅いのでキスより先はさせてくれない。

我的女朋友很堅持，不讓我做比接吻更進一步的事。

限定

壊れたので、捨てるよりほかにありません。

因為壞掉了，所以只能丟掉。

💡**用法** 「限定」用法的「より」，後面必須接「否定」，形成「A
より～ません」，「除了／唯有A之外沒有其他～了」的意
思，相當於「Aしか～ません」「～よりほかに方法はあり
ません」的句型。

🔍**例句** 宝くじが当たらないので、働き続けるよりほかにありません。

彩券沒有中獎，所以只好繼續工作。

3回告白して成功しなかったので、諦めるよりほかにない。

告白了3次都沒成功，所以只能放棄。

 強調

台湾の食べ物はどこの国よりも美味しいです。

臺灣的食物比任何一個國家的都要好吃。

💡**用法**　「強調」用法的「より」，**前面必須連接疑問詞，後面接續「も」形成「どこ／誰／何／どの～＋よりも～」的用法**，「比起任何地方都／比任何人都／比任何⋯⋯都／比任何東西都～」的意思。另外**「何より」是慣用講法，是「比～都好／～再好不過」的意思。**

🔍**例句**　部長は通帳を見ることが何よりも好きです。

部長喜歡看存摺勝過任何事。

ご無事で何よりです。

沒事就好。

說到這邊大家一定會想「あれ？よりよい人生のために」的「より」是以上用法中的哪一個呢？其實它不屬於上面任何一個用法，這是因為這個「より」根本不是助詞，而是「副詞」，是「更～」的意思，跟「もっと」相同，後面接續動詞，例如「よりよい人生が（過ごせる）ために」，或者「より美しい国へ（頑張ります）」。

對初級學習者而言，這部分雖然有點難，但這也正是日文有趣的地方，隨著學習時間的增長和經驗的累積，相信每一位學習者未來在看到句子後，都能馬上分辨。千萬不要像可樂貓一樣半途而廢，一知半解的，難怪會看不懂了。

可樂貓~~咬文嚼字~~助詞の習作　　　解答參考〈日檢模擬測驗練習本〉

你真的看懂、學會了嗎？馬上驗收一下。

🐾 **練習一**

Q：下列哪一句與「台灣比日本熱。」意思相同？

❶ 台灣(たいわん)より日本(にほん)は暑(あつ)いです。
❷ 台灣(たいわん)は日本(にほん)より暑(あつ)いです。

✏️ 解答：

🐾 **練習二**

Q：「より」與「から」都有「從」的意思，常被用於口語中的是哪一個呢？

❶ より

❷ から

✏️ 解答：

🐾 **練習三**

Q：下列哪一個「より」是表示「更」的意思？

❶ 日本語(にほんご)がより上手(じょうず)になりました。
❷ 日本語(にほんご)が去年(きょねん)より上手(じょうず)になりました。
❸ テストは１０時(じ)より始(はじ)まります。

✏️ 解答：

從「不」曾在單字中出現的「を」

有一天下午，可樂貓咪笑嘻嘻地跑來找我，看她不懷好意的表情，我直覺她若不是跑來跟我借錢，就是要求我要幫她倒飼料，反正絕不會有好事。沒想到，她是跑來問我日文問題。她拿著不知是從哪裡聽來的「入れ知恵 _{餿主意}」，得意洋洋地問我：「日文中有一個假名，從來沒有出現在單字中，猜看看是哪一個？」

我怎麼想都想不到，她就罵我笨，「答案是『wo』啦！」我說你這個「『お』ばさん _{大嬸}才笨，『お』的單字可多了。」她回我此「wo」非彼「wo」。被這麼一說，我突然想了起來，對喔！50音中還有一個「wo」，那就是「を」。

確實，「を」在單字中是沒有出現過的，它的存在甚至比「生理ナプキン _{衛生棉}」更輕巧，很容易讓人忘了它的存在。不過既然這樣，為什麼在學習50音時要學「を」呢？乾脆把它忘了吧，反正它又不

實用，而且超難寫的（終於說出大家的心聲了XD）……

不不不，飯可以亂吃，但話可不能亂說。因為「を」就像煮菜用的調味料一樣，儘管我們在「日常生活＝單字」中雖然用不上它，但在做「料理＝動詞句子」時，缺少了它，那道「佳餚＝句子」可是會沒味道的。話說回來，少了調味的食物頂多難吃，少了「を」日文可是會完蛋啊！

を

PARTICLE

「を」也是重要的助詞之一，在初級文法中，最常被用來表示「動作的對象」，但除此之外，它還有很多種用法，在此就利用這個機會，跟大家聊聊「を」的各種用法吧！

 動作的對象

王さんは『日語大跳級』を読んでいます。

王仔在看《日語大跳級》。

 用法　「を」可以用來表示日文**他動詞的「動作對象」**，相當於英文「及物動詞」裡的「受詞」，**此時「を」前面連接名**

詞，後面接續動詞，形成「Ａを～ます」的動作句型，其中「Ａ」用來表示動詞的對象，而「～ます」則是動作，例如「雑誌を読みます」，「読みます」是動作部分，而其動作的對象（受詞）則是「雑誌」，「を」則用來連接「雑誌」跟「読みます」用，也因此**在他動詞的動作句型中，一定要有を，該動作才能成立。**

例句 可楽猫は寝るとき、いつもいびきをかきます。

可樂睡覺的時候都會打呼。

黒皮犬は自分の尻尾を噛みます。

黒皮會咬自己的尾巴。

願望的對象

あなたを抱きしめたいです。　　　　　　　　我想抱緊你。

用法　「を」除了能表示「動作的對象」外，還能表示「**願望的對象**」，此時「を」前面連接名詞，後面接續「**動詞去ます＋たい**」形式，形成「**Ａを～たい**」的願望句型，例如「雑誌を読みたい」。「読みたい」是願望部分，而願望的對象則是「雑誌」，「を」則用來連接「雑誌」跟「読

みたい」用。需特別注意的是「願望對象」用法的「を」通常可以用「が」做替換，因此「雑誌を読みたい」=「雑誌が読みたい」。

 例句 黒皮犬はふられたので、気分転換のために、
バンジージャンプをしたいです。

黑皮被甩了，為了轉換心情，想去高空彈跳。

王可楽はおなかが空いたので、ポルトガルエッグタルトを食べたいです。

王可樂肚子餓了，所以想吃葡式蛋塔。

移動的場所

王さんは猫たちと一緒に公園を散歩します。

王仔和貓咪們一起在公園散步。

用法 「を」可用來表示「在區域內的移動」，此時「を」前面連接場所、地點，後面接續帶有移動性質的動詞（歩きます、走ります、散歩します、飛びます、泳ぎます等），形成「場所、地點を移動動詞」的句型，其意思為「在某區域裡走動、來回、移動」，相當於英文中的「around」。

例句 蚊は黒皮犬の周りを飛び回ります。

蚊子在黑皮的四周飛來飛去。

学生たちは競走の練習のために、
一生懸命グランドを走ります。

學生們為了賽跑的練習，拚命地跑操場。

通過

パトカーが目の前を通りました。

一輛警車從眼前經過。

用法 「を」還能用來示「**通過某場所**」，此時「を」前面連接
場所、地點，後面接續帶有穿越、通過性質的動詞（渡り
ます、通ります等），形成「**場所、地點を移動動詞**」，
其意思為「經過、穿越～」，相當於英文中的「across」。

例句 赤信号になる寸前に歩行者たちは
急いで横断歩道を渡りました。

在要變成紅燈之際，行人們急忙穿越斑馬線。

お祭りの行列が家の前を通り過ぎて行きました。

祭典的隊伍從家門前通過了。

 出發點

王さんは大学を卒業してから、

ずっと斗六で日本語を教えています。

王仔從大學畢業後，就一直在斗六教日文。

用法 「を」還有「離開某場所」的用法，此時「を」前面連接場所、地點，後面接續帶有離開、離去性質的動詞（例如：出ます、出発します、降ります、卒業します等），形成「場所、地點を～動詞」，其意思為「離開、啟程於～」，相當於英文中的「out of」，需注意的是此種用法的「を」，有時可以跟「から」替換。例如：

例句 黒皮犬は故郷の斗六を出て、台北へ「出稼ぎ」に行きます。

黑皮離開故鄉斗六，到台北打拚。

反対方向の電車に乗ってしまったので、急いで電車を降りました。

因為搭到反方向的火車，所以趕緊下車。

時間的經過

可楽猫は幸せな一生を送っています。 可樂貓過著幸福的一生。

💡 **用法**　「を」能用來表示「時間或期間的經過」，此時「を」前面連接時間或某期間，後面接續帶有時間經過的動詞（例如：送ります、過ごします、立ちます、過ぎます、越えます等），形成「時間、期間を～動詞」，其意思為「度過～、經歷～」，例如：

🔍 **例句**　黒皮犬は隣の雄犬と出会って、楽しい日々を送っている。

黑皮與隔壁的公狗相遇，過著快樂的每一天。

王さんは30歳を過ぎたら、髪の毛が少なくなりました。

王仔一過30歲，頭髮的髮量就越來越少。

 表示環境、狀況

大雨の中を、黒皮犬は怪しい人に吠え続けています。

在滂沱大雨中，黑皮對著可疑人士不斷吠叫。

💡 **用法** 「を」用來表示「環境、狀況」時，通常以「〜の中を」的方式出現，後面接續動詞，用來表示「在〜的情況下，做某動作」，例如：

🔍 **例句**
不景気の中を、王可楽は毎日最高級の
キャビアのフォアグラセットを食べています。

在經濟不景氣之下，王可樂每天都吃魚子醬的鵝肝醬套餐。

34度の炎天下の中を、小朋友は熱いお茶を飲んでいます。

在34度的炎熱天氣之下，小朋友喝著熱茶。

儘管在50音中，「を」這個假名又醜又難寫，而且從不出現在單字中，但是介紹到這邊，相信大家已經感受到，它在日文動詞句子的組成上，有著不可或缺的重要功用。

試著想想，當我們只能講「食べます」「飲みます」等單獨使用單一動詞說明動作時，將會是多麼奇怪又麻煩啊！不管是「吃」還是「喝」，總得說清楚是要「吃什麼」或「喝什麼」吧！回歸主題，我必須承認，可樂貓的爛問題的確把我問倒了。但認真論起來，雖然單字中從沒出現「を」，但我們還是必須好好地了解它作為助詞時的各種用法，日文才能持續進步喔！

可樂貓咪ㄟ助詞の習作

解答參考〈日檢模擬測驗練習本〉

你真的看懂、學會了嗎?馬上驗收一下。

練習一

Q: 以下,哪一個是錯誤的?

① ラーメンを食_たべます。

② ラーメンを作_{つく}ります。

③ ラーメンを好_すきです。

✎ 解答:

練習二

Q: 「左右_{さゆう}を確認_{かくにん}してから、道_{みち}＿＿渡_{わた}ります。」

以下,＿＿應填入的是哪一個呢?

① で   ② を

✎ 解答:

練習三

Q: 和「電車_{でんしゃ}を降_おります。」的「を」相同用法是哪一個呢?

① 会社_{かいしゃ}を辞_やめたい。

② 砂浜_{すなはま}を走_{はし}りたい。

③ 写真_{しゃしん}を撮_とりたい。

✎ 解答:

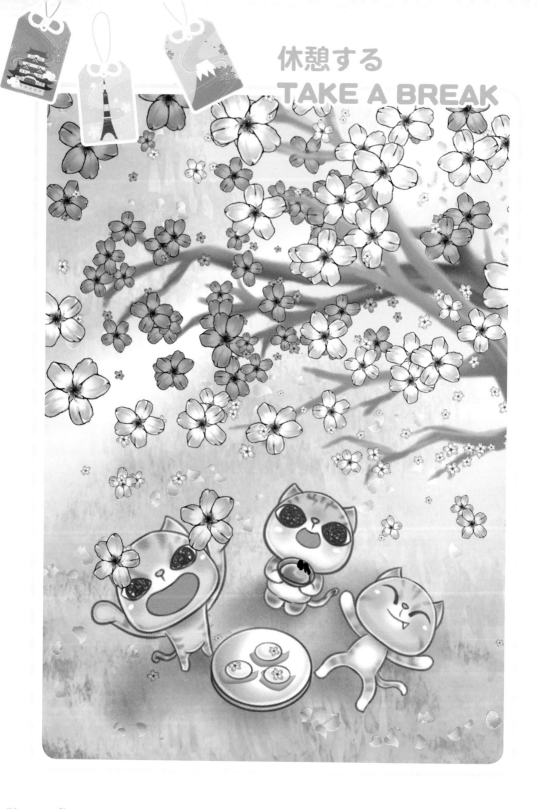

休憩する
TAKE A BREAK

日語助詞王——王可樂妙解20個關鍵，日檢不失分

6

妳「在」我心裡的「に」

進入四月後，春暖花開，氣溫終於開始回升，但最讓我深刻感受季節變化的並不是外面的溫度，而是貓咪們的換毛期，只要我把可樂貓「抱緊處理」，就算只有30秒，衣服也一定沾滿她的毛，非常困擾，逼得我不得不趁著豔陽高照的日子，讓她暫時「出家」。

普遍來說，貓最痛恨的事，第一是洗澡，第二則是剃毛。這一天下午可樂貓被我連哄帶騙的請入浴室，在經歷過第二恨＋第一恨的摧殘後，走出浴室之前回望我的那一眼，簡直比電影《咒怨》裡的女鬼還恐怖，想到還會怕。

我把可樂貓所剩不多的「頭髮」，用吹風機吹乾後，跑去房間看一下電影，然後再去洗澡，洗完澡吃完晚餐，再上一下網，一天終於結束要準備睡覺時，我發現怪怪的，究竟是哪裡怪呢？

原來是「可樂貓不見了……」。由於問了家人，每個人都說沒看到她，因此我心想，會不會是因為下午給她剃毛又洗澡，所以她賭氣離家出走了……

念頭才閃過，家裡的人已經開始翻箱倒櫃動員起來，我也急得挨家挨戶地問，但鄰居們也都說沒看到可樂貓，我非常著急，心都要碎了。第一次深切感覺到，可樂貓在我心裡有多麼重要。

に PARTICLE

> 助詞「に」最常被用來表示「存在」，今天想跟大家分享一下除了「存在」外，它在日文中最常見的一些用法。

存在的場所

あなたは私（わたし）の心（こころ）の中（なか）にいます。 　　　你存在於我的心中。

💡用法 「に」可以用來表示「存在的場所」，此時「に」前面連接「場所或抽象的地點」，後面接續「あります、います、住（す）みます、置（お）きます」等帶有「存在性質」的動詞，典型的句型為「Ａ（人／物）はＢ（場所）に～ます」，

用來表示「Ａ位於、存在於Ｂ（場所）」，例如：

🔍 **例句** 靴やペットボルトやよくわからないものが
黒皮の犬小屋にあります。

黑皮的狗屋裡有鞋子、寶特瓶，和一些不知道
是什麼的東西。

みかんにはビタミンＣが入っています。

橘子裡有維他命Ｃ。

動作願望的對象

私は可楽猫に会いたいです。　　　　　　　　我想見可樂貓。

💡 **用法** 「に」還可以用來表示「**動作的對象**」，**典型的句型為**
「**人・動物＋に＋～ます／～たい**」，用來表示「對某
人、動物做某件事」，「に」作為對象用法時，相當於英
文中的「to／for」，例如：

🔍 **例句** 不良の若者たちは野良猫に石を投げます。

不良少年們拿石頭丟流浪貓。

彼女(かのじょ)は私(わたし)に投げキッスをします。

她給我一個飛吻。

 動作發生的時間

午後(ごご)8時半(じはん)にスーパーの値引(ねび)きが始(はじ)まります。

超市的特價活動，晚上8點半開始。

💡 **用法** 「に」可以用來表示「**動作發生的時間點**」，其句型為「時間＋に＋～ます」，意思是「在某時間時進行的某動作」。需特別注意的是，當時間是「～曜日(ようび)、～時(とき)、～ごろ」時，可加也可不加「に」，但當時間是「昨日(きのう)、今日(きょう)、明日(あした)、毎日(まいにち)」等時，不能加「に」。

🔍 **例句** 王可楽は毎晩(まいばん)10時(じ)に伝説(でんせつ)の「爌肉飯(た)」を食(た)べに行(い)く。。

王可樂每晚10點都會去吃傳說中的「爌肉飯」。

黒皮犬は日曜日(にちようび)（に）、隣(となり)の雄犬(おすいぬ)とデートに行(い)くつもりです。

黑皮打算在星期日跟隔壁的公狗約會。

動作的目的

家族<ruby>家<rt>か</rt></ruby><ruby>族<rt>ぞく</rt></ruby>みんなでコストコへ<ruby>買<rt>か</rt></ruby>い<ruby>物<rt>もの</rt></ruby>に<ruby>行<rt>い</rt></ruby>きます。

全家人一起去好市多買東西。

🏸 **用法**　「に」作為「動作的目的」用法時，前面連接去掉句尾ます的動詞，後面連接「<ruby>行<rt>い</rt></ruby>きます、<ruby>帰<rt>かえ</rt></ruby>ります、<ruby>来<rt>き</rt></ruby>ます」等「方向動詞」，形成：

第一、二類動詞 ます
第三類動詞 します ｝＋に ｛ <ruby>行<rt>い</rt></ruby>きます <ruby>来<rt>き</rt></ruby>ます <ruby>帰<rt>かえ</rt></ruby>ります

相當於英文中的「go to do～」的意思。

🔍 **例句**　<ruby>財<rt>さい</rt></ruby><ruby>布<rt>ふ</rt></ruby>を<ruby>忘<rt>わす</rt></ruby>れたので、<ruby>急<rt>いそ</rt></ruby>いで<ruby>取<rt>と</rt></ruby>りに<ruby>帰<rt>かえ</rt></ruby>ります。

忘記帶錢包了，所以趕緊回家拿。

<ruby>雨<rt>あめ</rt></ruby>の<ruby>日<rt>ひ</rt></ruby>は、<ruby>暇<rt>ひま</rt></ruby>つぶしに<ruby>映<rt>えい</rt></ruby><ruby>画<rt>が</rt></ruby>を<ruby>見<rt>み</rt></ruby>に<ruby>行<rt>い</rt></ruby>きます。

下雨天，為了打發時間去看電影。

 變化的結果

<ruby>日<rt>ひ</rt></ruby><ruby>焼<rt>や</rt></ruby>けして、<ruby>真<rt>ま</rt></ruby>っ<ruby>黒<rt>くろ</rt></ruby>になりました。被太陽曬得皮膚都變黑了。

💡**用法** 「に」可以用來表示「自然變化的結果」，也可以用來表示「人為改變的結果」，當它是「自然變化」時，使用「ＡはＢ*に／く＋なりました」的句型。當它是「人為變化」時，使用「某人はＡをＢ*に／く＋します」的句型。

　*Ｂ指的是：

名詞／な形容詞 ＋に
い形容詞 去掉い＋く
｝＋｛ なります
しします

🔍**例句**

冬が過ぎて、まもなく春になります。

冬天過去，春天很快就要來了。

王さんは要らない服を黒皮犬の服にしました。

王仔把不要的衣服拿來當黑皮的衣服。

前往、進入某場所

黑皮犬は台北行きの太魯閣号に乗りました。

黑皮搭上了往台北的太魯閣號。

💡**用法** 「に」可以表示「前往某處」，其句型為「地點場所＋行きます、帰ります、来ます等帶有『方向』意思的動

詞」。需注意的是，此時的「に」可以跟「へ」替換。

「に」也可以表示「進入某空間」，其句型為「空間＋に
＋乗(の)ります、入(い)ります等帶有『進入』意思的動詞」。

 例句 　王(おう)さんは人差(ひとさ)し指(ゆび)を鼻(はな)の穴(あな)に入(い)れました。

王仔把食指放進鼻孔裡。

怪(あや)しい男(おとこ)が誰(だれ)も見(み)ていないうちに、女子(じょし)トイレに入(はい)りました。

有個可疑男子趁大家不注意的時候進去女廁。

時間的比例

王(おう)さんは一年(いちねん)に一回墓参(いっかいはかまい)りをします。 王仔一年中掃一次墓。

 用法 　「に」可表示時間的比例，其句型為「時間＋に＋次數＋
動詞」用來表示「在～的時間裡，做了幾次動作」，例
如「一年(いちねん)に一回墓参(いっかいはかまい)りします」意思是「一年中掃一次
墓」。需注意的是，部分時間可使用以下方式做省略：

「一年に一回」 ⟶ 「年に一回」

「一ヶ月に一回」 ⟶ 「月に一回」

「一週間に一回」 ⟶ 「週に一回」

例句 可楽猫は一日に5回食事をします。
いちにち　　　ごかいしょくじ

可樂貓一天吃五餐。

ＭＲＴはラッシュの時、3分に一本電車が来ます。
　　　　　　　　　　とき　　ぶん　　いっぽんでんしゃ　き

捷運在尖峰時刻，每3分鐘會來一班。

 ## 對人物的評價

私には可楽猫の家出がショックです。
わたし　　　　　　　　いえで

對我而言，可樂貓離家出走是個大打擊。

用法　「に」作為「對人物的評價」時，其句型為「人＋には＋
形容詞」，用來表示「對某人而言是……」，此用法相當
於「〜にとって」。

例句 可楽猫には、王さんの嘘が許せません。
　　　　　　　　おう　　　　うそ　ゆる

對可樂貓而言，不能原諒王仔說謊。

黒皮犬には、隣の雄犬と一緒に遊ぶことが唯一の幸せです。
　　　　　　となり　おすいぬ　いっしょ　あそ　　　　ゆいいつ　しあわ

對黑皮來說，和隔壁的公狗一起玩是唯一的幸福。

對事件的評價

王さんはまた告白に失敗しました。　　王仔告白又失敗了。

用法 「に」作為「對事件的評價」用法時，標準句型為「某事件＋に＋勝ちます／負けます／合格します／受かります／成功します／失敗します／劣ります」等帶有「評價」用法的動詞，用來表示「做某事情成功、失敗」。

例句 隣の息子さんは大学院の入学試験に受かりました。

隔壁鄰居的兒子研究所考試合格了。

ダイエット中の可楽猫は食欲に負けて、

ケーキを食べてしまいました。

減肥中的可樂貓敗給了食欲，把蛋糕吃掉了。

距離的長短

「王可樂的日語教室」は斗六駅に近いです。

「王可樂的日語教室」離斗六車站很近。

💡 **用法**　「に」在作為**地點距離的表示**時，句型為「地點／場所＋に＋近い」，用來表示「離某場所距離近」。需特別注意的是，**此種用法的「に」可以跟「から」互換**。

🔍 **例句**　王_{おう}さんの家_{いえ}は「斗六夜市_{とろくよいち}」にすぐです。

王仔的家離「斗六夜市」很近。

雲林_{うんりん}の新幹線_{しんかんせん}の駅_{えき}は斗六駅_{とろくえき}に近_{ちか}くありません。

雲林的高鐵站離斗六車站並不近。

🌸 **王仔愛的小提示**

另外，當用來表示「離某場所距離遠」時，「に」跟「から」不可以互換。地點（に／から）遠_{とお}いです。

比較的基準

「當窩」はトラに_に似ています。　　　「當窩」長得跟老虎很像。

💡 **用法**　「に」在作為**比較的基準**時，常見句型為「人／物＋に＋似_にています／当_あたります／等_{ひと}しいです」等，用來表示「相似／相當／等於＋某人物」。

🔍 例句　この店のご主人は私の叔父にあたります。

這家店的老闆相當於是我叔叔。

A＋3は9に等しい。では、Aは？

A+3等於9，那麼A是多少？

 存在、缺乏的內容

王さんは責任感に欠けています。

王仔缺乏責任感。

💡 用法　「に」能作為「存在、缺乏的內容」，典型句型為「～＋
に＋欠けます、富みます、満ち溢れます、乏しいです」
等，用來表示「缺乏～／充滿了～」。

🔍 例句　斗六は小さいですが、活気に溢れている町です。

斗六雖然小，卻是個朝氣蓬勃的城鎮。

黒皮犬は真っ黒で想像力に乏しい犬です。

黑皮是隻又黑又缺乏想像力的狗。

 **添加**

朝食は「鮪魚蛋餅」に「煙燻豬肉堡」を食べました。

早餐吃了「鮪魚蛋餅」加「煙燻豬肉堡」。

💡 **用法** 　「に」有「累加」的用法，所謂的「累加」指的是「列舉出同類性質的東西」，並「加上、搭配……」的意思，典型句型為「Ａ＋に＋Ｂ＋Ｃ＋に……」。

🔍 **例句** 　「割れ鍋に綴じ蓋」はどんな人にもふさわしい相手がいるという例えです。

「破鍋配修過的蓋」是比喻什麼樣的人都有適合自己的另一半。

犯人はマスクにサングラスの男性です。

兇手是戴著口罩跟太陽眼鏡的男人。

 強調動作反覆

待ちに待った夏休みが来ました。　等了又等的夏天終於來了。

💡 **用法** 　「に」有強調「動作反覆」的意思，典型句型為「ＡますにＡました」，需注意的是前後的動詞必須相同，而且後

面的動作通常是ました的過去式，用來表示「不斷地做某動作」，例如「思^{おも}いに思^{おも}った、飲^のみに飲^のんだ」。

例句 黒皮犬は失恋^{しつれん}して、泣^なきに泣^なきました。

黑皮因為失戀，哭了又哭。

皆^{みんな}は可楽猫を探^{さが}しに探^{さが}して、すっかり疲れてしまいました。

大家不斷地找可樂貓，已經累壞了。

那一天晚上過了凌晨兩、三點後，大家都找貓找累了，不得不回家休息，由於還是沒有可樂貓的消息，因此在夜深人靜的大半夜裡，我們感到前所未有的頹喪，突然間我似乎聽到某種聲音從我房間傳出，那是一種刮東西的聲音，我急忙進房間一看，什麼都沒有，就在此時，聲音又傳出來了，而且是來自衣櫃裡，我一打開衣櫃，可樂貓衝出來急忙地跑向貓砂盆……這一刻我才恍然大悟，終於了解到底發生什麼事情了。

原來我下午打開衣櫃收拾冬衣時，被可樂貓看到，於是趁我不注意偷偷地跑進衣櫃裡睡覺，一直睡到尿意來襲才醒。因為全家人都出去找她了，所以任憑她在衣櫃裡大叫救命也沒人聽到。儘管可樂貓並沒有離家去出家，但經過一晚的風波後，我更加地感受到她在我心裡有多重要，我打算以後要花更多的時間陪在她身邊。

可樂貓龇牙咧嘴助詞の習作

解答參考〈日檢模擬測驗練習本〉

你真的看懂、學會了嗎？馬上驗收一下。

練習一

Q：以下，＿＿不能填入「に」的是哪一個呢？

① 11月22日＿＿結婚します。

② 来月＿＿結婚します。

③ 次の土曜日＿＿結婚します。

✎ 解答：

練習二

Q：以下，＿＿不能填入「に」的是哪一個呢？

① 公園＿＿ゴミを捨てます。

② 公園＿＿写真を撮ります。

③ 公園＿＿犬を連れて行きます。

✎ 解答：

練習三

Q：下列，在家吃飯的是哪一個呢？

① ご飯を食べに家へ帰ります。

② ご飯を食べて家へ帰ります。

✎ 解答：

「向」左走「向」右走的「へ」

我家的三隻貓已逐漸步入高齡期，而我也接近「不惑之年」，不管是邁入更年期的人或是進入老齡期的貓，我想對於「人生」和「貓生」一定都開始感到迷茫了吧。比方說，我每天早上要吃早餐時，總是很難決定：是吃A早餐店，還是B早餐店好呢？到了早餐店後，又為了吃漢堡好還是三明治好而猶豫不決。甚至飲料要喝奶茶還是紅茶，冰的好還是溫的好都舉棋不定，非常困擾啊。

三隻貓也一樣，可樂最近無法選擇自己睡眠的時間帶而顯得頹廢；小朋友則是在偷吃菜時，總是在餐桌上思考著先吃魚還是雞肉好；當窩則是疑惑著今天要去左邊鄰居家，還是右邊鄰居家的院子曬太陽而走不出家門……

不知不覺間，我發現我們都逐漸變老中，才會對「人生」跟「貓生」的各種選擇，開始舉棋不定。

黑皮看我們這樣，很瀟灑地安慰我們說：「人生就像向左走向右走般，往左走會遇到金乘五，往右走會碰到梁勇騎……」說得太好了，這是我第一次覺得黑皮黑得好帥，全身閃閃發亮。

へ

PARTICLE

日文中，用來表示「往」「向」「朝」某方向時，不得不提到「助詞へ」，需特別注意的是，這裡的「へ」在50音字母及單字中唸「he」，但它作為助詞時，讀音是「e」才正確喔！「へ」作為助詞時，其用法算是比較少的，但缺少了「へ」，可是哪裡都去不了，動彈不得，現在就來跟大家介紹它的主要用法。

 方向

當窩は誰_{だれ}も知_しらない秘密基地_{ひみつきち}へ行_いきました。

當窩去了誰都不知道的秘密基地。

💡用法 「へ」在表示「方向」用法時，其句型為「地點場所、方向＋へ＋行_いきます、来_きます、帰_{かえ}ります等帶有『方向移動性質』的動詞」，用來表示「前往某地點場所、方

向」。需特別注意的是，**這種用法的「へ」有時可以跟「に」做替換。當它是「へ」時，是「前往」的意思，當它是「に」時，是「進入、到達」的意思。**

🔍 例句 王さんは今朝斗六駅へ行って、台北行きの自強号に乗りました。

王仔今早去了斗六車站，搭上往台北的自強號。

黒皮犬は急に便意を催して、急いでトイレへ行きました。

黑皮突然想要大便，急忙去了廁所。

 ## 人物對象

黒皮犬は私たちへ「元気を出せ」と励ましてくれます。

黑皮鼓勵我們打起精神來。

💡 用法 「へ」跟「に」一樣也能用來表示「**動作的對象**」，其句型為「**對象＋へ＋～動詞**」，但需特別注意，「へ」比「に」更帶有「**積極、主動**」的語感。

🔍 例句 隣のおばあさんは近所の人へ根も葉もない
うわさを言いふらしています。

隔壁的阿姨對附近鄰居散播毫無根據的謠言。

王さんは観音様へ願いを込めてお参りします。

王仔誠心地向觀音菩薩許願。

正在做某事

王さんが歯磨きをしているところへ、
可楽猫はウンチに来ました。

王仔正在刷牙的時候，可樂貓過來大便。

用法　「へ」能用來**強調「正在做某件事時」**，其句型為「～をしているところ＋へ」，這種用法**相當於**「～ている時」，但**更重視「某動作的瞬間」**，也就是「就在～的當下，發生某件事」。

例句　ちょうど出かけようとしているところへ、
急に雨が降り出しました。

正想要出門的時候，突然下起雨來。

ドラマを見ていたところへ、臨時ニュースが割り込んで来ました。

正在看連續劇的時候，插播了一則臨時新聞。

動詞句的名詞化

このゴキブリは王可楽から、王さんへのご褒美です。

這隻蟑螂是王可樂給王仔的獎勵。

💡用法　「へ」能合併「方向」跟「人物對象」的用法，將動詞句型縮短成名詞句，此用法常見於文章雜誌，或報紙標題等，其**標準句型為：「名詞Ａ＋へ＋の＋名詞Ｂ」**，其意思為「往Ａ的Ｂ／給Ａ的Ｂ」。

🔍例句　彼女への花はカーネーションです
（＝彼女にあげる花はカーネーションです。）

要給女朋友的花是康乃馨。

これは地獄への列車です　（＝これは地獄へ行く列車です。）

這是通往地獄的列車。

經過黑皮大師的指點後，我們四個都受到感化，對於人生的選擇不再失眠徬徨，對於「左へ」還是「右へ」，該往哪邊走，又該如何做選擇都能立刻做出判斷了。不過，卻換成黑皮開始對他的「狗生」感到疑惑，每天早上出現遲遲不能決定要去哪戶人家的車輪偷尿尿的症狀，也許這就是日文講的「岡目八目 旁觀者清，當局者迷」吧！

練習一

Q：下列，不能用「へ」替換「に」的是哪個呢？

① 電車で台北に行きます。

② LINEで友達に連絡します。

③ 風邪で家にいます。

✎ 解答：

練習二

Q：「友達に送るプレゼントを買った。」

更換說法後下列哪一個是正確的呢？

① 友達にのプレゼントを買った。

② 友達へのプレゼントを買った。

✎ 解答：

練習三

Q：下列，＿＿適合填入「へ」的是哪一個呢？

① 子供は毎日学校へ勉強＿＿行きます。

② 仕事の後、学校＿＿行って運動します。

✎ 解答：

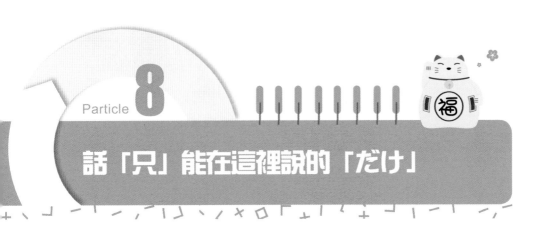

Particle 8

話「只」能在這裡說的「だけ」

我家排行老三，最愛偷吃菜的「小朋友」，這陣子變得很八卦，常常跟可樂或當窩躲在角落竊竊私語，而且一講就講很久，一副「おしゃべり 長舌婦」的樣子，問她在說什麼，她總是笑笑的回答「沒什麼」，然後趕快開溜。

有一天我終於有了跟她獨處的機會，還特別從夜市買回一條剛烤好的「焼き秋刀魚」誘惑她，她要我先答應「話只能在這邊說，不能傳出去」才肯告訴我。

原來是換毛季節到了，加上連日來的大雨，黑皮狗的胯下竟然長起香菇，於是跑去看皮膚科，結果被小朋友撞見了，黑皮就警告她，如果讓別人知道，就要把她當床頭娃娃咬，怪不得小朋友一直強調「話只能這裡說」。不過，說到「只能這裡說」，就讓我想到日文的助詞「だけ」，現在就來跟大家介紹一下「だけ」的常見用法。

だけ

PARTICLE

助詞「だけ」，大家最熟悉的用法就是「只～」，但實際上它所包含的意思不是只有「只～」而已，馬上來看看還有哪些用法吧！

 限定

あなただけを愛しています。

我只愛你一個。

💡 **用法** 「だけ」作為「限定」用法時，其句型為「**名詞／動詞原型＋だけ**」，用來表示「只～」，相當於英文中的「only」。需注意的是，「だけ」**後面如果接續助詞「は、が、を」時助詞可以省略**，例如あなただけが好きです＝あなただけ好きです。

🔍 **例句** 冷やかしとは、物の値段を聞くだけで買わない人のことです。

所謂「hiyakasi」就是只問價錢不買東西的人。

當窩が自由に外で遊べるのは昼間だけです。

當窩只有白天時才能自由地在外玩耍。

程度

王さんは出版社の人に「できるだけ締め切り前に原稿を出したい」と嘘をつきました。

王仔對出版社的人撒謊說「我會盡量在截止日前交稿的」。

💡 **用法** 　「だけ」作為「程度」用法時，其句型為「名詞／い・な形容詞／動詞原詞＋だけ」，用來表示「最高或最低的限度／數量大或者數量極小」。需特別注意的是，「名詞＋だけ」時，只有「これだけ、それだけ、あれだけ、どれだけ」這四種用法，此種用法類似「こんなに」「あれほど」。

🔍 **例句** 食べられるだけ、食べてください。

能吃多少，就吃多少。

明日は日曜日だから、好きなだけ寝られます。

明天是星期天，要睡多久就睡多久。

あれだけ注意したのに、
小朋友に騙されてしまいました。

明明都已經這麼小心了，但還是被小朋友騙了。

王さんの貯金はたったこれだけです。

王仔的存款就只有這些。

越…越…

猫は長く寝れば寝るだけ、眠くなります。

貓睡越久就越睏。

用法 「だけ」作為「越…越…」用法時，其句型為：

$$\left.\begin{array}{l} 動詞 \\ い形容詞 \end{array}\right\} ば型* + \left.\begin{array}{l} 動詞 \\ 形容詞 \end{array}\right\} 原型 + \begin{array}{l} だけ \\ （ほど） \end{array}$$

此時的だけ可替換成ほど，意思相同。

* ば型文法比較可參考《搞懂17個關鍵文法，日語大跳級！》

例句 王可楽はダイエットすればするだけ、太ります。

王可樂越減肥就越胖。

ビーフハンバーグステーキは高ければ高いだけ、
おいしいと黒皮犬は信じています。

黑皮相信牛肉漢堡排越貴就越好吃。

 強調原因

黒皮犬は台湾育ちだけに、暑さに強いです。

黑皮就是因為在台灣長大，所以才這麼耐熱。

💡 用法　「だけ」在作為「強調原因理由」的用法時，其句型為
　　　　「～だけ＋に＋…」，用來表示「正因為～，所以…」，
　　　　跟N2文法的「～だけあって」意思是相同的。

🔍 例句　当窩は三日ぶりにうんちをしただけに、爽快な表情をしています。

當窩就是因為隔了三日才大便，所以一臉爽快樣。

普段は静かな人だけに、コスプレが趣味と聞いて驚きました。

正因為他平時是個安靜的人，所以聽到他的興趣是cosplay覺得很驚訝。

也因此，日本人如果私底下要跟某人講誰的秘密或壞話時，就會講
「ここだけの話ですが……」之類的，用來表示「這些話only在這
裡」，說出去了就比大便還「大変 不得了」了。

可樂貓咪的助詞の習作

解答參考〈日檢模擬測驗練習本〉

你真的看懂、學會了嗎?馬上驗收一下。

練習一

Q: 下列【　】裡不能省略的是哪一個?

① 朝は牛乳だけ【を】飲みました。

② 納豆だけ【が】食べられません。

③ 陳さんだけ【に】教えました。

✎ 解答:

練習二

Q: 「食べれば食べる＿＿＿太ります。」

根據上文,下列選項,＿＿＿不能填入的是哪一個呢?

① だけ　　　　　　② より　　　　　　③ ほど

✎ 解答:

練習三

Q: 「1年間日本語だけ勉強しました。」

這裡的「だけ」所包含的意思,下列哪個適合?

① 集中火力學習了日文的自信。

② 沒有學其他的東西有點不安。

✎ 解答:

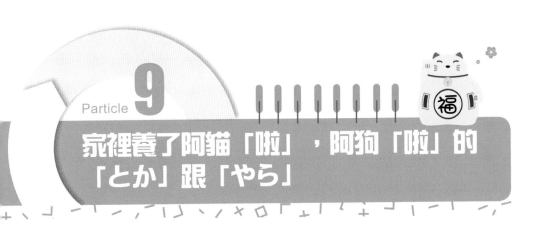

家裡養了阿貓「啦」，阿狗「啦」的「とか」跟「やら」

有一天，在上日文課時，課程介紹到日文中「列舉」的用法有「とか」「やら」的說法時，一個學生突然舉手發問，「とか」跟「やら」有什麼不同呢？像是老師家養了三隻阿貓啦，一隻黑皮狗啦，這該用「とか」，還是「やら」呢？

日文有句話講「教えることは教わること <ruby>教學相長<rt></rt></ruby>」，這正符合這樣的情境，教別人日文是單方面的，但當教授的東西受到質疑，而必須思考它更深層的意思及用法時，教授者才會深入探討教給別人的東西，因此「教別人日文時，也從別人那邊學到日文」。

不管怎樣，既然學生舉手發問了，就在這邊回覆給大家，關於「とか」跟「やら」這兩個助詞的用法。
先來看看「とか」的用法。

とか

PARTICLE

「とか」最常見的用法是「列舉」，例如「AとかBとかCとか……（A啦B啦C啦……）」。另外，在年輕人的談話中也會聽到「名詞＋とか＋動詞（言う／聞く）」這種句子，來表示「不是很清楚〜」「聽說〜」，是非正式的說法。

列舉事項

黒皮犬は靴下とか、パンツとか臭い物が大好きです。

黑皮最喜歡襪子、內褲等臭臭的東西。

💡用法　「とか」作為「列舉」用法時，
其句型為「AとかBとか（Cとか……）」或「AとかBなど」，
甚至「AとかB」的方式也很常見。

當A、B、C的部分是名詞時，必須是同類的事物，或具有相同性質的東西，例如「猫とか、犬とか／紅茶とか、コーヒーとか」，如果是A、B、C是動詞時，通常會是兩個意思相反的動詞，例如「行くとか、行かないとか／行け

とか、行くなとか」，另外**也可以單獨以「Ａとか」的方式**
做列舉。
需特別注意的是「とか」後面接續助詞「が」及「を」
時，可以將「が」「を」省略掉。

 例句　今の子供は絵とか、英語とか習い事をたくさんしています。

現在的小孩要學畫圖、英文等很多才藝。

誕生日にカードとか、ぬいぐるみとかたくさんの
プレゼントをもらいました。

我生日的時候收到了卡片、
布偶等很多禮物。

表示不確定的內容／曖昧

「黒松大仔」とかいう人から電話がかかってきました。

有一個叫什麼「黑松大仔」的人打電話過來。

用法　「とか」作為「不確定的內容」時，其句型為「名詞＋と
　　　か」，後面通常可以再連接「言う／聞く」等動詞，表示
　　　「不是很清楚，但應該叫做～之類的／聽說～之類的」。

需特別注意的是，**此種用法是年輕人的口語說法，在正式的文章中不會出現。**

「とか」還能用來「**將詞語曖昧化**」，即「**讓某些話模糊，避免把話說死**」，**其句型為「〜とか」，其中「〜」的部分為「想模糊的話語**」，例如「学校とかから帰る」為「從學校之類的地方回家」，此時「學校」部分被模糊化，也就是「是不是真的從『學校』回家並不清楚。」

🔍 **例句** うわさによると、「鐵牛師父」は牡蠣の食中毒とかで倒れた。

據說，「鐵牛師父」
因為牡蠣的食物中毒事件等原因而倒下。

黒松大仔は地元の住民に「みかじめ料を払え」とか言いました。

黑松大仔對當地居民說了「把保護費交出來」之類的話。

やら

PARTICLE

了解「とか」的用法後，來看看它的孿生兄弟「やら」該怎麼用。

列舉事項

王さんはふられて、大声で叫ぶやら、泣くやらで、
情緒が不安定になっています。

王仔被甩了之後，不是大叫就是大哭，情緒變得很不穩定。

💡用法　「やら」作為「列舉」用法時，其句型為「AやらBやら（Cやら…）」，用法跟「とか」完全相同，也因此A、B、C的部分如果是名詞時，必須是同類或同性質的東西，例如「志鈴姊姊やら、雞排妹やら／陽春麵やら、肉羹麵やら」，如果是A、B、C動詞時，其動作可以是相同或相反的，例如「吐くやら、下痢するやら／泣くやら、笑うやら」。如果是形容詞時，通常是放相反的，例如「悲しいやら、うれしいやら」。

需特別注意的是「やら」後面通常接「ごちゃごちゃ、困難、大変、辛い、汚い」等負面性質強烈的句子，或者

接續帶有「豪爽」性質的句子，例如：

 例句 鍋の中にはアワビやら、エビやら、
新鮮な魚介類がたっぷりです。

鍋子裡有鮑魚、蝦子等滿滿的海鮮食物。

机の上にみかんの皮やら、食べ残しの弁当やらが散らかっている。

桌子上散亂著橘子皮啦，吃剩的便當等。

表示不確定疑問

小朋友はぶつぶつ言って、どうやら不満げな様子です。

小朋友小聲嘟嚷，看起來很不滿的樣子。

💡 用法　「やら」可以用來表示「不確定的疑問」，其句型為「疑
問詞＋やら」，例如「どうやら不満げな様子です」，視
情況還能將這種用法的「やら」翻成「似乎／好像～」。
需特別注意的是「やら」後面若接續「が」及「を」助詞
時，可將助詞省略掉，另外「疑問詞＋やら」的用法相當
於「疑問詞＋か」的句型。

例句 今夜、お寺の前で、

何やら（何か）ポールダンスが見られるらしい。

今天晚上，好像可以在寺廟前看到鋼管舞。

黒皮犬は何を考えているのやら、

さっぱり見当がつきません。

黑皮到底在想什麼，完全摸不著頭緒。

難以決定

渋谷駅は京王やら東急やらどれに

乗ればいいのかわかりません。

去澀谷站不知道到底是要搭京王線比較好，還是東急線比較好。

用法 「やら」用來表示「難以決定或選擇」時，其句型為「Aや
ら、Bやら」，在此種用法中「A、B」通常是相反性質的
動作或物品。

需注意的是，這種用法通常會搭配「わかりません」
「区別ができません」「迷います」等，用來表示「選擇
A，還是B好呢？實在不知道，難以決定」。

🔍 **例句** 日本のリサイクルはペットボトルやらプラスチックやら、分別が面倒臭い。

日本的資源回收，是要分成寶特瓶，還是分成塑膠，實在很麻煩。

台湾のおじさんは"阿伯"やら"舅舅"やら、子供には難しい。

台灣的歐吉桑到底要叫阿伯還是舅舅，對小孩來說很難判斷。

 ## 表示疑問

一体誰が黒皮犬の犬小屋に落書きをしたのやら。

到底是誰在黑皮的狗屋上亂塗鴉呢？

💡 **用法** 「やら」還能用來表示「疑問」，其句型為「疑問詞＋やら」，需特別注意的是**此種用法的やら通常放在句尾**，例如「一体誰が黒皮犬の犬小屋に落書きをしたやら」，看到黑皮的狗屋被塗鴉時，我會有「咦，是誰會在黑皮的狗屋上亂畫畫呢？」的反應出現，**這是種「自問」的疑問用法，相當於「～だろうか」**。

🔍 **例句** あの子はトイレに３０分もこもって、何をしてるのやら。

那個孩子在廁所已經待了30分鐘了，到底是在做什麼呢？

PM2.5がなくなって、きれいな空気が吸えるように

なるのは、一体いつのことやら。

何時才能夠呼吸到沒有PM2.5的乾淨空氣呢？

寫到這邊，我們可以說「とか」跟「やら」在做「列舉事項」時，它們的用法、意思幾乎相同。

但在列舉用法中，「とか」單純是舉例用法，而「やら」則帶有「很困擾、很髒亂、很辛苦」的負面用法在，另外也可以用來表示「很豪爽地被招待A食物B食物」等，也因此家裡養了阿貓啦，阿狗啦，兩者在含意上會有一些不同，例如：

★單純舉例

> 家で、猫とか、犬とか飼っています。 ━━▶ 家裡養了貓啦，養了狗啦
>
> 〔暗指我還有養其他的動物〕

★有負面含意

> 家で、猫やら、犬やら飼っています。 ━━▶ 家裡養了貓啦，養了狗啦
>
> 〔暗指我還養了其他動物，
>
> 這些動物把環境弄得很髒、很臭，讓人不舒服……〕

可樂貓は等助詞の習作 　　　　　　　　解答參考〈日檢模擬測驗練習本〉

你真的看懂、學會了嗎？馬上驗收一下。

練習一

Q：先週、金閣寺とか清水寺とかに＿＿＿。

下列, ＿＿＿最適合填入哪個？

❶ 行って参りました。　　❷ 行って来ました。　　❸ 行って来たよ。

✎ 解答：

練習二

Q：昨日、サワディカとかいうタイ料理屋さんでカレーを食べました。

這裡的「とか」表示的意思為下列的哪一個？

❶ 記憶確切清晰。

❷ 記憶模糊不確定。

✎ 解答：

練習三

Q：田中さんの部屋にはフィギュアやらアニメのDVDやらがたくさんあります。

這裡的「やら」表示的意思下列哪一個合適？

❶ 東西沒有整理, 散落四周。

❷ 東西排得很整齊。

✎ 解答：

Particle **10**

貓咪「總是」在睡覺的「ばかり」

從養貓以來我就一直覺得，如果說芒果跟榴蓮是屬於「熱帶水果」，天氣越熱越好吃的話，那貓咪就是「熱帶動物」，天氣越熱睡得越熟……。根據我那不太可靠的手機APP氣象軟體，儘管此刻只是早上11點過半而已，但室溫已高達33度，即使我「開外掛」用了兩隻風速調「最強」的工業用電扇，外加脫光衣服，只穿著一條四角褲作業，但天氣還是太熱了，在這樣的環境下寫作，我已經有點神智不清、頭腦混亂了。沒想到我身邊的可樂貓居然可以呼呼大睡，還睡到流口水，也許是作夢夢到吃大餐吧！就在那一瞬間，她抽動著嘴巴發出科科～的聲音，越看越覺得真的太誇張了……。

話說回來，進入五月，天氣一天比一天熱起來後，我發現可樂貓的睡眠時間變得更長也睡得更熟，她每天除了吃飼料喝水和拉屎撒尿外，絕大部分時間好像都在睡覺。然而，這情況不只可樂貓有，老大「當窩」跟老三「小朋友」也都一樣，天氣越熱，他們的睡眠情

況就越過分，讓身為飼主的我終於狠下心來痛罵他們三個「真不是人！」總之，看著他們千變萬化的熟睡姿態，讓我不得不說，夏天一到「貓咪就總是在睡覺」。

ばかり

日文中用來說明「總是」時，我們「總是」會想到「いつも」這個副詞，但除了「いつも」外，「ばかり」也是「總是」的意思，作為日文中常見的助詞，今天要跟大家介紹一下「ばかり」最常見的一些用法。

幾乎都是、全部都是～

A（名詞）＋ばかり ｛ ① 幾乎（ほとんど）都是A
② 全都（すべて）是A

💡用法　「ばかり」可表示「幾乎都是～」，如英文的「almost」，以及「全部都是～」兩種意思。但須注意第二個意思「全部都是～」經常被拿來跟「だけ」做比較，兩者的差異在於「ばかり」單純是看到的感覺（全都是～），而「だけ」是必須一個一個數做確認，相較起來「ばかり」在日

常會話中較常被使用。

例句　映画『我的少女時代』の観客はラブラブのカップルばかりです。

電影《我的少女時代》的觀眾幾乎都是恩愛的情侶。

子供の机の中にはがらくたばかりが入っている。

小孩子的桌子裡全放著些破銅爛鐵。

keyword花點時間一次搞懂！

比一比「ばかり」跟「だけ」的用法哪裡不同？

映画『我的少女時代』の観客はラブラブのカップルばかりです。
電影《我的少女時代》的觀眾幾乎都是恩愛的情侶。①幾乎是（ほとんど）
電影《我的少女時代》的觀眾全都是恩愛的情侶。②全都是（すべて）

映画『我的少女時代』の観客はラブラブのカップルだけです。
電影《我的少女時代》的觀眾全都是恩愛的情侶。（全數過了沒有其他人）

子供の机の中にはがらくたばかりが入っている。
小孩子的桌子裡幾乎都放著些破銅爛鐵。①幾乎是（ほとんど）
小孩子的桌子裡全放著些破銅爛鐵。②全都是（すべて）

子供の机の中にはがらくただけが入っている。
小孩子的桌子裡只放著破銅爛鐵。（全確認過了，沒別的）

總是

> A（名詞）＋ばかり＋動詞ています ＝總是A

> B（動詞）て型＋ばかり＋います ＝老是在做B動作

💡 **用法** 「ばかり」在表示「總是～」的用法時，其句型為：「A（名詞）＋ばかり＋動詞ています」／「B（動詞）て型＋ばかり＋います」，用來表示「總是A」或「老是在做B動作」，由於這種用法強調「反覆」，因此類似英文中的「always」或「repeat」。

🔍 **例句** 子供（こども）の頃（ころ）は「大富翁」ばかりやっていました。

小時候總是在玩「大富翁」。

王<ruby>さ<rt>おう</rt></ruby>んは半<ruby>ズボン<rt>はん</rt></ruby>ばかり履<ruby>は<rt>は</rt></ruby>いている。

王仔總是穿著短褲。

 變化

動詞原型＋ばかり　＝不斷地變化（不好的變化）

💡用法　「ばかり」在表示「變化」的用法時，其句型為：「動詞原型＋ばかり」，用來表示「不斷地變化」。
需特別注意的是，**此種用法中出現的「動詞原型」，必須是帶有「變化」意思的動詞，例如「なります」等，另外這種句型常被用來表示「不好的變化」。**

🔍例句　<ruby>運動<rt>うんどう</rt></ruby>もせずに、<ruby>毎日餌<rt>まいにちえさ</rt></ruby>ばかり<ruby>食<rt>た</rt></ruby>べている可楽猫の
<ruby>お腹<rt>はら</rt></ruby>は<ruby>大<rt>おお</rt></ruby>きくなるばかりです。

不運動、每天只吃飼料的可樂貓肚子不斷地大。

<ruby>台湾<rt>たいわん</rt></ruby>の<ruby>物価<rt>ぶっか</rt></ruby>は<ruby>高<rt>たか</rt></ruby>くなるばかりなのに、<ruby>給料<rt>きゅうりょう</rt></ruby>は<ruby>安<rt>やす</rt></ruby>くなるばかりです。

台灣的物價不斷地變高，但薪水卻一直變少。

原因

> ～（動詞）た型＋ばかり＋に
>
> ＝就是～，所以才……（有責備的意思）

💡 **用法**　「ばかり」還能表示「原因」，其句型為「～（動詞）た型＋ばかり＋に」，用來表示「就是～，所以才……」。

這種用法帶有「責備」或「不符合自己期望」，因此「ばかりに」後面接續負面性質的句子。

🔍 **例句**
勇気（ゆうき）がなかったばかりに、
あの子（こ）に告白（こくはく）できませんでした。

就是因為沒有勇氣，才無法對那個人告白。

エアコンをつけっぱなしにして
寝（ね）たばかりに、喉（のど）がとても痛（いた）いです。

就是因為開著冷氣睡覺，喉嚨才會這麼痛。

剛剛進行了某動作

～（動詞）た型＋ばかり

＝剛剛～／剛才～（感到該動作結束後經過的時間很短）

💡 **用法** 「ばかり」還能表示「剛剛做完某件事」，其句型為「～（動詞）た型＋ばかり」。用來表示「不管時間是過一星期，還是半年、一年，**說話者對於該動作結束後經過的時間『感到很短』**」，類似中文的「剛剛～／剛才～」。

🔍 **例句** ご飯を食べたばかりなので、動きたくありません。

因為才剛吃飽所以不想動。

３年前に結婚したばかりなのに、
愛人ができて、離婚しました。

明明三年前才剛結婚，卻結交新歡離婚了。

程度

> 數字＋ばかり ＝〜左右
>
> （舊式用法。幾乎已被ぐらい取代）

💡 用法 「ばかり」能用來表示「程度」，其句型為「數字＋ばか
り」，中文意思相當於「〜左右」，這種用法較舊，在現
在通常被「ぐらい」替代掉。

🔍 例句 １２時前に店に着いた時には、
もう１０人ばかり行列していました。

....

12點前到店時，已經排著10幾個人了。

《ドラゴン・タトゥーの女》は１０回ばかり読んだけど、
何度読んでも面白い。

《龍紋身的女孩》雖然讀了10幾遍了，
但不管讀幾次都覺得很有趣。

keyword花點時間一次搞懂！

助詞＋ばかり 和 ばかり＋助詞 必須注意的事

① 助詞＋ばかり

當助詞「が、を、に、へ、で、と、から」位置在「ばかり」前面時，只有「が」必須去掉，其餘必須保留。

❶ 公園に子供が̶ばかりいます。 公園都是小孩子。
❷ 水をばかり飲みます。 一直喝水。
❸ ゲームでばかり遊びます。 一直玩遊戲。

② ばかり＋助詞

當助詞「が、を、に、へ、で、と、から」位置在「ばかり」後面時，其意思與上面意思相同，此時「が、を」可留可不留，但其餘必須保留。

❶ 公園に子供ばかり（が）います。
❷ 水ばかり（を）飲みます。
❸ ゲームばかりで遊びます。

ばっかり只能出現在口語會話，不能用在文章。

最近很常聽到「ばっかり」的講法，「ばっかり」是由「ばかり」演變而來的，意思跟「ばかり」相同，但「ばっかり」是口語會話中才會出現的單字，因此不能在文章裡使用。

きょうじゅ　　　　　　わたし　　　　　　　　　しごと　お　　つ
教授はいつも私にばっかり仕事を押し付けます。

教授總是把工作都丟給我。

雖然夏日炎炎，貓咪總是在睡覺，不過我手邊的書有提到，「由於貓咪只能靠腳掌與口鼻邊緣的汗腺來散熱，因此若是沒有出家（剃毛）的貓，又處於通風不好的室內時，需注意他們是否有適當補充水分。」如果貓咪是進入睡眠狀態的話那還好，但如果貓咪是因中暑而當機了，那可就非常危險，因此飼主還是要多注意一下貓咪的睡眠樣子才行喔！

可樂貓~~老師~~助詞の習作

解答參考〈日檢模擬測驗練習本〉

你真的看懂、學會了嗎？馬上驗收一下。

📖 練習一

Q：「去年買った_____の車が故障した。」

下列, _____適合填入哪個？

❶ ばかり

❷ ところ

✏️解答：

📖 練習二

Q：「お酒を飲んだばかりに、_____。」

下列, _____適合填入哪個？

❶ 気分がよくなった。

❷ 気分が悪くなった。

✏️解答：

📖 練習三

Q：あの人は赤いシャツばかり着ている。

這裡的「ばかり」表示的意思下列哪一個合適？

❶ 每天穿著紅色襯衫。

❷ 現在穿著紅色襯衫, 但沒穿褲子。

✏️解答：

休憩する
TAKE A BREAK

日語助詞王——王可樂妙解20個關鍵・日檢不失分

世上沒人比我「最」愛你的「ほど」

我家的老大「當窩」因為肛門下方破一個洞（肛門腺破裂），而被帶往醫院縫合傷口，醫師為了防止他舔傷口，建議他必須帶著頭套，兩個星期後才能拿下來。

由於頭套看起來就像個擴音器，當可樂和小朋友看到他的「新造型」時，都覺得他是異類而會「哈」他，叫他離她們遠一點。我心裡想著，之前妳們兩個也曾戴過頭套，而且形狀更大更奇怪，當時「當窩」也沒叫妳們閃開，憑什麼現在一搭一唱地叫「當窩」離遠一點呢？

話說回來，當我「發現」「當窩」肛門下面受傷時，真的嚇了一大跳。第一次注意到他肛門下面紅紅時，可樂還半開玩笑地說：「那是大姨媽來找他玩啦。」我也答腔附和說：「記得不要吃冰的喔……」

後來想想，不對啊，「當窩」是公貓，而且早就結紮了，年紀也有10來歲，哪來的生理期，才急急忙忙地檢查他肛門下面，這才看到有個傷口，當機立斷帶他去醫院治療。

醫生說需要麻醉並縫合，要暫時住院8小時，雖然8小時並不長，但「當窩」入院期間，我一直都很焦慮，滿腦子都是「當窩會平安無事吧？」怎麼樣都擺脫不了這念頭。我忽然覺得，我不能沒有「當窩」，這世界上沒有人比我更愛他了。

日文有一個助詞可以用來表示「最～」，那就是「ほど」。趁著「當窩」做縫合手術的期間，就來跟大家介紹一下「ほど」的一些實用用法，也順便分散我擔憂的心思吧。

ほど

ARTICLE

「ほど」常用來表示「大約～／～左右」，意思與「くらい・ぐらい」相同，但是是比較正式的用法。另外，也能用來表示「程度」和「比較」。馬上來看看句型分析。

大約的數量

数量／時間＋ほど ＝大約～／～左右

💡 用法 「ほど」可以用來表示「大約的數量」，標準句型為「數量
／時間＋ほど」，中文可適當翻成「大約～／～左右」。
需特別注意的是，**此種用法的「ほど」跟「くらい ぐら
い」意思大致相同，但個別使用的場合不太一樣。「くら
い・ぐらい」常用於口說會話中，「ほど」則常用於文
章，是個較正式的用法。**

🔍 例句 あのラーメン屋の前にはいつも10人ほど並んでいます。

那間拉麵店前面總是有十人左右在排隊 。

とても眠かったので、昼休みに15分ほど寝ました。

因為很想睡，
所以午休時睡了15分鐘左右。

keyword 花點時間一次搞懂！

「ほど」跟「くらい・ぐらい」的用法哪裡不同？——「大約」用法

★「ほど」可以用來表示數量和時間長度，但無法表示順序和時間點。

用途（大約）	ほど	くらい・ぐらい
數量	○	○
時間長度	○	○
順序 *1	×	○
時間點 *2	×	○

*1 ○ 私の成績はクラスで10番目ぐらいです。我的成績在班上是第10名左右。

☒ 私の成績はクラスで10番目ほどです。

*2 ○ 2時15分ぐらいに到着します。2點15分左右會到達。

☒ 2時15分ほどに到着します。

★「ほど」可委婉地表示明確的數字，但「くらい・ぐらい」不行。

☒ 実は、1回くらい離婚しています。

○ 実は、1回ほど離婚しています。 *3 其實，離過一次婚。

*3 因為難以啟齒，所以使用「ほど」委婉地表示。

程度

動詞原型・否定型

い形容詞・な形容詞＋な

}＋ほど＝甚至、幾乎

💡用法 「ほど」用於表示「程度」時，其句型為「動詞原型・否定型＋ほど」／「い形容詞＋ほど・な形容詞＋な＋ほど」，這是一種「比喻」的表現方式，中文可適當翻譯為「甚至～、幾乎～」。

在此種用法中，「ほど」跟「くらい・ぐらい」通常是可以替換的，但並非完全通用。

🔍例句 心臓^{しんぞう}が飛^とび出^でるほど驚^{おどろ}きました。

嚇到心臟都要跳出來了。

目^めは口^{くち}ほどに物^{もの}を言^いう。

眼睛比口說更能傳達事物。

keyword 花點時間一次搞懂！

「ほど」跟「くらい・ぐらい」的用法哪裡不同？──
「程度」用法

程度	ほど	くらい・ぐらい
同じ～ *1	×	○
軽視 *2	×	○
感嘆・驚嘆	○	△ *3

★不能用「同じ＋ほど」的說法 *1

○ 可楽猫のお腹はスイカと同じぐらい丸い。

可樂貓的肚子像西瓜一樣圓。

× 可楽猫のお腹はスイカと同じほど丸い。

★「ほど」不能用於輕視的表現 *2

○ 今ぐらいの成績ではいい大学には入れません。

以現在的成績根本進不了好的大學。

× 今ほどの成績ではいい大学には入れません。

★表示「感嘆、驚嘆」時，常使用「ほど」

使用「くらい・ぐらい」也沒有錯，但通常不這樣講 *3

○ 驚くほど、死ぬほど、呆れるほど、目が回るほど、……

 # 比較

> Ａ（名詞）はＢ（名詞）＋ほど＋～否定

＝Ａ不如Ｂ～、Ａ沒比Ｂ～

💡**用法**　「ほど」作為「比較」的意思時，句型為「Ａ（名詞）は Ｂ（名詞）＋ほど＋～否定」，中文可翻譯為「Ａ不如 Ｂ～、Ａ沒比Ｂ～」。
需特別注意的是，「くらい・ぐらい」也有「比較」的用 法，但後面只能接續「肯定」。

🔍**例句**　黒皮犬は可楽猫ほど頭が良くありません。

黑皮狗不如可樂貓聰明。

可楽猫のお尻は黒皮犬ほど大きくありません。

可樂貓的屁股沒有黑皮狗的大。

keyword 花點時間一次搞懂！

「ほど」跟「くらい・ぐらい」的用法哪裡不同？──
「比較」用法

比較	ほど	くらい・ぐらい
接續	否定	肯定
中文意思	不如～／不像～	如～／像～

可楽猫は小林尊ほどたくさん食べられません。

可樂貓沒有像小林尊那麼會吃。

可楽猫は小林尊ぐらいたくさん食べられます。

可樂貓像小林尊那樣吃很多。

最高的程度（最～）

A（名詞）＋ほど＋～は＋～（動詞）否定

＝A是最～

💡**用法** 「ほど」用來表示「最高的程度」，其句型為「A（名詞）＋ほど＋～は＋～（動詞）否定」，中文翻譯為「沒有比A更～」或「A是最～」。

這用法中會出現的動詞否定型，只有「いません」跟「ありません」兩個，如果B是有生命思考能力的「動物」，使用「いません」，如果B是沒有生命思考能力的「物品」，使用「ありません」。

🔍**例句** 可楽猫ほど寝るのが好きな猫はいません。

沒有比可樂貓更愛睡的貓了。

台湾ほど食べ物の美味しい国はありません。

沒有國家的食物比台灣的更美味了。

越～越～

実るほど頭を垂れる稲穂かな。

越是有成就，就越謙虛。

💡**用法** 「ほど」還能用來表示「某件事越做越～」，其句型為

「Ａ（動詞・形容詞）ば型＋Ａ（動詞・形容詞）原型ほど＋〜」，中文為「越是Ａ，越〜」。

另外如果是「な形容詞」，使用「Ａ（な形容詞）＋ならば＋Ａ（な形容詞）＋な＋ほど＋〜」。

 例句　メイクすればするほど、おかしな顔_{かお}になります。

妝越化，臉變得越是奇怪。

彼女_{かのじょ}がきれいならば、きれいなほど、
男_{おとこ}は自慢_{じまん}になります。

女朋友越漂亮，男人就越驕傲。

強調程度

これほど それほど あれほど どれほど	＝	こんなに そんなに あんなに どんなに	＝ 如此地／多麼地

💡用法 「ほど」還有「強調程度」的用法，其固定詞組為「これ
ほど／それほど／あれほど／どれほど」，它們的意思跟
「こんなに／そんなに／あんなに／どんなに」相同，中
文可視情況適當翻譯為「如此地／多麼地」。

🔍例句 あれほど練習したのに、本番で失敗してしまいました。

如此努力的練習，在正式演出時卻失敗了。

今日で「替代役」が終わる。
どれほどこの日を待っていただろうか。

今天「替代役」就要結束了。這一天究竟等多久了啊……

也許我有點大驚小怪了，但總之「當窩」的傷口縫合得很順利，復
元情況也算良好，在經歷過這次事件後，我深深體會到，不管是貓
還是狗，應該多花心思關心他們，儘管他們可能只是我們生命中的
一小部分，但卻跟家人一樣重要。相信每一位飼主都跟我一樣，看
到他們受傷或生病了，內心一定很難受，無比煎熬。

你真的看懂、學會了嗎？馬上驗收一下。

📒 練習一

Q：「ほど」跟「くらい」都是表示程度的助詞，但會話中常被使用的是哪一個呢？

❶ ほど　　　　　　　❷ くらい

✏️解答：

📒 練習二

Q：以下的句子哪句正確呢？

❶ 日本のみかんは小さいほど甘いです。

❷ 課長は5時ほどに退社しました。

❸ この鞄は宝石と同じほど高いです。

✏️解答：

📒 練習三

Q：「日本戴眼鏡的人比台灣少。」

跟這句相同意思的是以下哪一句呢？

❶ 日本より台湾は眼鏡をかけている人が多くない。

❷ 日本ほど台湾は眼鏡をかけている人が多くない。

❸ 日本は台湾ほど眼鏡をかけている人が多くない。

✏️解答：

要不要喝個咖啡「之類」的「でも」

上星期日我又帶可樂貓外出，由於順路有經過阿姨家，於是去阿姨家串一下門子打一下招呼，也許是阿姨太久沒看到可樂貓了，她一看到可樂貓就迅速地一把抱住她，然後上下其手，一下子摸屁股，一下子捏臉頰，一下子又把手掌放到肚子上繞圈圈地撫摸可樂貓的肥肉……阿姨的興奮、開心溢於言表，但是可樂貓卻很受傷，感覺被玷汙了。

阿姨看到我們來訪真的很開心，好客地一下子問我們要不要喝西巴克？一下子又問說肚子餓不餓，要不要叫個必輸客來吃，一下子又邀請我們去看電影，由於我們晚上已有其他計畫，只好約下一次，雖然有點可惜，但可樂貓倒是一副「助かった 得救了」的表情。

坐車回家的途中，我聽到可樂說阿姨似乎很想把我們留下來，所以才會不斷地邀約，此時，我突然想到日文中有一個叫「でも」的助

詞，它有一個「列舉」用法，這個用法很常見，書上卻很少提起，
就利用這個機會跟大家分享。

でも

日文助詞「でも」，很常被作為「列舉」使用，但教科書較少提
及，現在就來看看吧！

動作的列舉

お<ruby>茶<rt>ちゃ</rt></ruby>でも<ruby>飲<rt>の</rt></ruby>みませんか。

要不要喝個茶？

「でも」作為「動作的列舉」時，使用「～でも＋動詞ませんか」
的句型表示，用來詢問別人「要不要～」用。

以「お<ruby>茶<rt>ちゃ</rt></ruby>でも<ruby>飲<rt>の</rt></ruby>みませんか。要不要喝個茶呢？」為例，問句中存在
著「要喝個茶嗎？或者聊聊天？也可以看報紙喔！想看電視也
OK！……」等「列舉各種動作」的語感在，也就是「要不要做個

什麼？想做什麼都可以喔！」

「お茶でも飲みませんか。」單純只是「要喝個茶嗎？或者聊聊天？也可以看報紙喔！想看電視也OK！……」中的代表性問法而已。

需特別注意的是，如果問句是「お茶など飲みませんか。」的情況時，其問句的語感會是「我們有茶、有果汁、有咖啡等，你要喝哪一種呢？」也就是「已經確定要喝某種飲料，但是飲料項目尚未確定」。

例句 暇だな。「小朋友」でもいじめて遊ぼうかな。

好閒哦，要不要來欺負一下「小朋友」啊？

温泉の中でおしっこでもしたみたいに快感だ。

彷彿在溫泉中尿尿般地快感。

keyword 花點時間一次搞懂！

「～など＋動詞ませんか」跟「～でも＋動詞ませんか」
的用法比較

列舉	定義	從事行為	說明
でも	未決定 行為的列舉	お茶を飲みますか？ おしゃべりをしますか？ 新聞を読みますか？	不確定要做什麼， 以喝茶這件事為邀約
など	已決定 行為的列舉	お茶？ ジュース？飲みますか？ 牛乳？	已決定要喝東西， 以茶為邀約

★未決定行為的列舉

◇お茶【でも】飲みませんか。

要喝個茶嗎？

↑這個句子帶有「要喝茶嗎？要聊天嗎？或者要不要做什麼？」之類的意思
在，「喝茶嗎？」只是其中一個代表性問法而已。

◇「マラソン【でも】走ったみたいに全身汗まみれです。

像是跑完了馬拉松這些運動一樣全身都是汗。

↑文中「マラソンでも走った」的動作中，包括「跑了馬拉松、踢了足球、或
做了其他運動」的意思在，「マラソン」只是眾多運動中的代表性列舉而已。

★已決定行為的列舉

◇お茶（ちゃ）【など】飲（の）みませんか。要喝個茶嗎？

↑把「でも」換成「など」後就會變成「要不要喝茶？或者喝果汁？還是喝些什麼呢？」的意思。「喝」這個行為是已經確定的，而「お茶（ちゃ）」只是眾多飲品中的代表性列舉。

◇マラソン【など】走（はし）ったみたい全身汗（ぜんしんあせ）まみれです。

像是跑完了馬拉松般地全身都是汗。
↑把「でも」換成「など」後就會變成「跑了馬拉松，或是跑了3000公尺等」之類的意思，「跑」這個行為是已經確定的，「マラソン」只是「跑了～」中的代表性列舉，因此一般通常不會講「マラソンなど～」。

強調極端的情況

名詞＋でも＋動詞 ＝連～都～，連～也～

💡 用法　「でも」還有「強調極端情況」的用法，用來表示「程度再困難的事也做得到」，或「程度再簡單的事也做不到」，標準句型為「名詞＋でも＋動詞」。

例句 黒皮犬は小学生でも分かる嘘に騙されました。
しょうがくせい　　　　　　わ　　　　　うそ　　だま

黑皮狗被連小學生都知道的謊言騙了。

恋の病は医者でも治せません。
こい　やまい　いしゃ　　　　　なお

戀愛這種病連醫生都治不了。

假設條件的逆接

例え／もし＋假設的事件＋でも＋逆接

＝即使～也……

〔跟前面的句子帶有「相反」的意見或動作〕

用法　「でも」最常見的用法為「假設條件的逆接」，接續方法
為「名詞・な形容詞＋でも」「動詞・い形容詞て型＋
も」，通常可以搭配「例え」或「もし」形成「例え＋假
設的事件＋でも＋逆接」或「もし＋假設的事件＋でも＋
逆接」的句型。中文可適當翻為「即使～也……」「就
算～也……」。

另外「逆接」指的是跟前面的句子帶有「相反」的意見或
動作。

例句 例えコンサートが中止でもチケットの
払い戻しはしません。

即使演唱會中止，也不會退費。

もし可楽猫がおならをしても、
王さんは喜んでにおいを嗅ぐ。

即使可樂貓放屁，王仔都會樂意去聞。

事實的逆接

真實的情況＋でも＋逆接

＝儘管～也……

💡 用法　「でも」還能用來表示「事實的逆接」，接續方法為「名詞・な形容詞＋でも」「動詞・い形容詞て型＋も」，這種用法跟「～が」「～けれども」相同，**完整句型為「真實的情況＋でも＋逆接」**，中文可適當翻為「儘管～也……」「就算～也……」。

🔍 例句 斉藤さんはハゲでももてます。
　　　　（さいとう）

齊藤先生就算禿頭也很受歡迎。

100回告白しても、１度も成功しなかった。
（かいこくはく）　　（ど）（せいこう）

就算告白100次，一次也沒成功過。

 ## 表示全面肯定

全面肯定＝ 疑問詞＋でも

＝不管什麼都能～

💡 用法 「でも」能用來表示句子的「全面肯定」，其句型為「疑問詞＋でも」，中文可依句型適當翻為「什麼都～」。
需注意的是「疑問詞＋も」的情況時，句子會變成「全面否定」，中文為「什麼都不～」。

🔍 例句 黒皮犬は意地汚いので、何でも食べます。
　　　　（い じ きたな）　　　　（なん）（た）

黑皮狗嘴饞，什麼都吃。

<ruby>人生<rt>じんせい</rt></ruby>は<ruby>何歳<rt>なんさい</rt></ruby>からでもやり<ruby>直<rt>なお</rt></ruby>せる。

人生不管幾歲都可以重來。

keyword 花點時間一次搞懂！

「疑問詞＋でも」跟「疑問詞＋も」哪裡不同？

★全面肯定：「疑問詞＋でも」及全面否定：「疑問詞＋も」的比較

文型	意思	例句
疑問詞＋でも	全面肯定	黑皮犬は<ruby>意地汚<rt>いじきたな</rt></ruby>いので、<ruby>何<rt>なん</rt></ruby>でも<ruby>食<rt>た</rt></ruby>べます。 黑皮狗嘴饞，什麼都吃。 <ruby>人生<rt>じんせい</rt></ruby>は<ruby>何歳<rt>なんさい</rt></ruby>からでもやり<ruby>直<rt>なお</rt></ruby>せる。 人生不管幾歲都可以重來。
疑問詞＋も	全面否定	<ruby>失恋<rt>しつれん</rt></ruby>のショックで、<ruby>何<rt>なに</rt></ruby>も<ruby>食<rt>た</rt></ruby>べられない。 因為失戀的打擊，什麼都吃不下。 <ruby>前髪<rt>まえがみ</rt></ruby>を<ruby>切<rt>き</rt></ruby>ったのに、<ruby>誰<rt>だれ</rt></ruby>も<ruby>気<rt>き</rt></ruby>づいてくれない。 剪了瀏海了，卻都沒有人注意到。

限定

不眠不休で働きでもしなければ～

如果沒有不眠不休地工作～

💡**用法**　「でも」還有「限定」的用法，其句型為「動詞ます＋でもしなければ～」，中文可適當翻為「只要不～的話」。

🔍**例句**　365日不眠不休で働きでもしなければ、家のローンが払えない。

如果沒365天不眠不休工作的話，就沒辦法支付房貸。

お前みたいな大馬鹿野郎は、一遍死にでもしなければ治らない。

像你這樣的混蛋，不死一次的話，是改變不了的。

keyword 花點時間一次搞懂！

「～ても」跟「～でも」在文章中的表現和口語的表現方式有些不同

★口語表現時「～ても」跟「～でも」的用法不同
＝「～ても」使用「～た型＋って」

「～でも」使用「～だって」
一般而言「～ても」跟「～でも」通常在文章中使用，是個較正式的用法。但在口語中，「～ても」會使用「～た型＋って」，而「～でも」則會使用「～だって」來取代，這種情形會在上面的「強調極端的情況」「條件的逆接」「事實的逆接」「全面肯定」的用法中出現。

像是阿姨要留住我們一樣，不管是要喝咖啡，還是要吃披薩，又或者去電影院看《金肛狼》都可以，總之「請留下來讓我招待你們吧！」這就是「でも」典型的「列舉」用法。

不過，前面也有提到，「でも」跟「など」都有列舉用法的意思在，以「黑皮犬」被隔壁的狗甩掉為例，被甩掉時很難過，這時如果想找個誰抱抱時，抱我、抱可樂貓、抱經過我家門前的路人都好，總之想找個人抱抱時，就用「など」列舉。

但，如果是失戀了想要忘記痛苦，這時看恐怖電影也好（黑皮怕黑……）、聽情歌療傷也好、甚至半夜學狼叫也可以，只要能分散注意力，做什麼都可以，這情況就是「でも」的列舉。千萬不要搞錯了喔！

你真的看懂、學會了嗎？馬上驗收一下。

練習一

Q：私は"停班停課"でも＿＿＿。

＿＿＿應填入的是下列哪一個？

❶ 学校へ行きます。

❷ 学校へ行きません。

✎ 解答：

練習二

Q：貓咪哪裡都能睡。　以下的句子中，和這句相同意思的是哪個呢？

❶ 猫はどこで寝られます。

❷ 猫はどこも寝られます。

❸ 猫はどこでも寝られます。

✎ 解答：

練習三

Q：天気がいいので、服でも洗いたい。

例句中「でも」表示的內容是下列哪一個呢？

❶ 衣服啊褲子等等，各式各樣的衣類。

❷ 洗衣服啦散步等等，晴天適合做的事情。

✎ 解答：

Particle 13

納豆有很多種吃法
「等等」的「など」

我不知道貓喜不喜歡吃納豆，但對我家的「可樂貓」而言，納豆可是她的「大好物 _{最愛}」，她的吃法很豐富，除了加からし _{芥末醬}跟醬油攪拌的傳統日式吃法外，還會自創オリジナル_{原創} 的獨家吃法，例如加草莓果醬吃、加香蕉及牛奶吃、混合她的ツナ缶 _{鮪魚罐頭}吃、加黑松沙士跟刨冰等一起吃，而且最近還不斷研究新的吃法，也因此我的房間總是充滿納豆跟各種食物的味道，當然，包括我在內，「當窩」跟「小朋友」只要一進到我房間，都會有一股害喜的衝動。

話說回來，可樂也真是夠まじめ _{認真}的，這陣子以來她天天穿著「割烹着 _{圍裙}」在我的房間（她的研究室）裡東加西減的調整味道，嘗試納豆的各種吃法，看著她的研發結果，不禁讓我驚呼「原來納豆可以加鮮奶、西瓜、寶礦力水得、冬瓜茶等，有著各式各樣的吃法」。

など

在日文中，有一個助詞用來「列舉」用，那就是「など」，它有兩個分身，一個是「なんか」，另一個則是「なんて」，基本上三個字的意思都相同。

「など」用法最標準，而「なんか」則是口語的講法，常見於會話中。至於「なんて」則是最粗俗的講法，雖然在日常生活中也很常被使用，但若是對長輩、上司，或是在正式場合上使用會很失禮。

今天就跟大家介紹一下「など」這一個助詞常見的用法吧！

列舉

A、B、C、Dなど	＝A、B、C、D 任一即可

💡用法　「など」常作為「動作或事物的列舉」用，其接續方式為「名詞＋など」/「動詞原型＋など」，通常使用「A、B、C、Dなど」的句型表示「A、B、C、D任一即可」。

需特別注意的是，做列舉用法時，「など」前面可以接名詞及動詞，但「なんか」前面只能接續名詞，而「なんて」並沒有「列舉」的用法。

例句 可楽猫の趣味は、昼寝、うたた寝、居眠りなど多彩です。

可樂貓的嗜好是午睡、小歇、打瞌睡等等，非常多樣。

あの子は彼氏と別れた後、
facebookなどの彼氏との記録は全部抹消する。

那個人與男朋友分手後，就把臉書等關於男朋友的紀錄全部刪掉。

keyword 花點時間一次搞懂！

比一比「など、なんて、なんか」的列舉用法

接續 列舉用法	名詞	動詞原型
など *1	○	○
なんか *2	○	×
なんて *3	―	―

★「など」前面可以接名詞及動詞，但「なんか」前面只能接續名詞

*1 休(やす)みの日(ひ)は読書(どくしょ)などをします。（○）休假日會讀點書之類的。

休(やす)みの日(ひ)は本(ほん)を読(よ)むなどします。（○）

*2 休(やす)みの日(ひ)は読書(どくしょ)なんかをします。（○）

休(やす)みの日(ひ)は本(ほん)を読(よ)むなんかします。（×）

*3 「なんて」並沒有「列舉」的用法。

建議

~など（は） { どうですか / いかがですか } ＝～之類的如何？

💡用法 「など」還能作為「提案、建議」，通常以「～など（は）どうですか」「～など（は）いかがですか」的句型出現，中文可適當翻譯為「～之類的如何？」通常用於正式場合，一般口說中可替換為「～なんてどうかな？」

🔍例句 客人(きゃくじん)：京都(きょうと)へ旅行(りょこう)に行(い)きたいんですが、お薦(すす)めはありますか。

我想去京都旅行，有什麼推薦的好地方嗎？

旅行社：伏見神社などいかがでしょうか。

景色が壮観ですし、ただです。

伏見神社之類的如何呢？景色壯觀又不用錢。

當　窩：いつも可楽猫に餌を横取りされるんだけど、

どうしたらいいだろう？

老是被可樂貓搶走飼料，要怎麼辦啦？

小朋友：可楽猫の口をミシンで縫い合わせるなんてどうかな？

把可樂貓的嘴巴用裁縫機縫起來如何呢？

 ## 輕視／承受不起

〜など＋…ません

＝〜之類的，才不…／如此好的〜，我不能……

💡用法　「など」前面接續「價值過低」的物品時，有「輕視」

的意思，但當前面接的是「價值高」的東西時，則有

「承受不起」「收不下來」的意思，其句型為「〜な

ど＋……ません」，中文可適當翻為「～之類的，才
不……」或「如此好的～，我不能……」。**這裡的「な
ど」可替換成「なんか」和「なんて」，但「など」較正
式，因此很少使用，在口說中一般使用「なんか」「なん
て」。**

例句 日本のドラマは見ますが、
台湾のドラマなんか全く興味がありません。

會看日本的連續劇，但台灣的連續劇之類的，一點興趣也沒有。

旅行、気をつけてね。お土産なんて買わなくていいよ。

旅行路上請小心，土產之類的不用買也沒關係唷！

 ## 理所當然

〜など＋…ません ＝不用說，〜之類的不可能……

用法 「など」在表示「**理所當然**」時，其句型為「〜など＋…ませ
ん」，中文可適當翻譯為「不用說，〜之類的不可能……」。
**這邊的「など」可替換成「なんか」和「なんて」，但「な
ど」較正式，而「なんか」「なんて」較為口語。**

🔍 例句 台湾では雪など降らないと思っていましたが、
去年は降りました。

我一直以為台灣不可能下雪，但去年卻下了。

今もらっている22Kの給料では結婚など考えられません。

現在只拿22K的薪水，結婚的事情根本考慮不了。

 表示謙虛

　私＋など〜　＝像我這樣的人〜

💡用法 「など」還能用來表示「謙虛」，此種用法只能對自己使用，不能對其他人使用，典型句型為「私＋など〜」，中文可適當調整為「像我這樣的人〜」「像我這樣的小魯〜」等。此時，「など」也可替換為較口語的「なんか」和「なんて」。

🔍 例句 私などまだまだひよっ子です。

像我這樣的人還很菜呢。

俺なんかどうなってもいい。君は先に逃げてくれ！

我怎麼樣都沒關係，你先逃吧！

 ## 表示驚訝

〜など＋信じられません ＝竟然〜

💡 **用法** 「など」在表示「驚訝、難以置信」時，其句型為「〜など＋信じられません／ショック等表示震驚的詞彙」，中文可適當翻譯成「竟然〜」「靠，沒想到〜」等。「など」可替換為較口語的「なんか」和「なんて」。

🔍 **例句** クラス一のブサイクだった彼女が、
こんな美人になるなんて信じられません。

班上最醜的那個女生，
竟變成如此的美女，真令人不敢相信！

先週買ったばかりのiPhoneをトイレに落とすなんて、
ショックで立ち直れない。

靠，上星期剛買的iPhone竟然掉進廁所，
因為太震驚，現在還無法回神過來。

雖然大家對可樂貓的納豆研發抱怨連連，但這兩天，我房間不再傳出噁心的味道，大家終於也可以拿下口罩跟安全帽進來了。也許是食物混合納豆產生了某種化學變化，又或者是因為天氣熱，食物壞掉了，總之可樂在吃了她研發的那些變種吃法後，身體不舒服，帶去看醫生之後，醫生說她中獎了（食中り <small>しょくあた 食物中毒</small>）⋯⋯這下可樂應該有好一陣子不會再碰納豆了吧！

不過就在此時，我房間再度飄出奇怪的味道，這次是甜品，進房間一看，小朋友已經穿上可樂的割烹着 <small>かっぽうぎ 圍裙</small>，她說天氣熱，想研究刨冰的新吃法⋯⋯。

可樂貓呢喃助詞の習作
解答參考〈日檢模擬測驗練習本〉

你真的看懂、學會了嗎？馬上驗收一下。

📕 練習一

Q： 和朋友的對話中以下哪一個最自然呢？

❶ ワンピースなどの漫画が好き。
❷ ワンピースなんかの漫画が好き。

✏️ 解答：

📕 練習二

Q： 以下的句子中，哪一句比較有輕視的感覺？

❶ 日本のアイドルはダンスが下手です。
❷ 日本のアイドルなんてダンスが下手です。

✏️ 解答：

📕 練習三

Q： Aさん：「日本語、上手ですね。」

　　　Bさん：「私なんて＿＿＿。」

＿＿＿應填入的是下列哪一個？

❶ すごいでしょ。
❷ まだまだです。

✏️ 解答：

感動到「幾乎」想哭的「くらい」

大家都知道我家的「可樂貓」是隻很孤僻的貓，對於她，我總是覺得「當你越想親近她，她就會離你越遠」，為什麼我會這樣認為呢？比方說冬天天氣冷，我就會想把她抱到被子上陪我「溫暖一下」，可是這傢伙坐在被子上之後，開始倒數三分鐘，時間一到（通常未滿三分鐘……）馬上逃走。換成大熱天時，我開著冷氣加外掛工業用電扇還嫌熱時，她就會自動跑到我身邊，跟我撒嬌，想要躺在我身旁，不依她她還會對我生氣，真是隻難伺候的貓。

不過，昨天中午發生了一件很神奇的事。由於我前天晚上熬夜看恐怖片沒睡飽，加上正午的炎熱氣溫令我頭昏腦脹，於是想來睡個午覺，一躺到床上後就馬上昏死，沒想到睡到一半時身旁似乎有個東西，但我實在太愛睏了，所以也沒太在意，當鬧鐘把我叫醒後，才發現身旁的另一顆枕頭上「竟然」睡著可樂貓。儘管我已經醒過來了，但可樂貓仍然緊閉著眼睛繼續睡，看到她熟睡的模樣，我感動

得幾乎想哭出來了。這對我而言，是一個多麼幸福、多麼美好的景象啊！

說到「感動到幾乎想哭」時，我突然想起日文中的助詞「くらい」可以用來表示「程度」，它接在「この、その、あの、どの」的後面時，通常以「くらい」的形式出現，但當它接在其他單字後面時，則是以「ぐらい」的形式出現。

無論如何，看到可樂貓這麼安詳的睡在我身旁，我很開心也很感謝。那麼，就來跟大家介紹一下，關於「くらい」最常見的幾個用法吧。

くらい

不管是「くらい」還是「ぐらい」，它們都是口說的用法，而「ほど」雖然也有「程度」的用法，但它是較正式、慎重的說法。

 大約的時間與數量

授業は9時15分ぐらいに終わりました。
<small>じゅぎょう　じ　ふん　　　　　お</small>

課程在9點15分左右結束了。

💡**用法**　「くらい」可表示大約的「時間」與「數量」其句型為「時間／數量＋くらい」，中文可翻譯為「大約～／～左右」。

表示「時間」如「何月何日」「何時何分」等後面的くらい跟ごろ可替換，但表示「時間長度」時不可替換，詳細參考下頁「Keyword表」。

另外，表示「數量」時くらい和ほど可替換，但「順序」不行，而疑問詞「いくら、いくつ、何～」通常只接續くらい使用。

keyword 花點時間一次搞懂！

比一比，當「時間＋くらい」時，

「くらい」跟「ごろ」的替換用法

表示時間	くらい	ごろ
時間點*1	○	○
時間長度*2	○	×

★ 放在時間點「何月何日<ruby>なんがつなんにち</ruby>幾月幾日」跟「何時何分<ruby>なんじなんぷん</ruby>幾點幾分」等

後面的「くらい」，可以跟「ごろ」替換，表示時間長度則不行。

*1 授業<ruby>じゅぎょう</ruby>は9時<ruby>じ</ruby>15分<ruby>ふん</ruby>（ぐらい／ごろ）に終<ruby>お</ruby>わりました。

課程在9點15分左右結束了。

*2 妻<ruby>つま</ruby>は2年<ruby>ねん</ruby>（ぐらい／ごろ）浮気<ruby>うわき</ruby>をしています。

妻子外遇2年左右。

比一比「ぐらい」跟「ほど」的用法

表示時間	ぐらい	ほど
数量*3	○	○
順序*4	○	×
接続疑問詞*5 (いくら、いくつ、何〜)	○	△

*3　王さんはペットショップで缶詰めを10個（くらい／ほど）
　　買いました。

　　王仔在寵物店買了10個左右的罐頭。

*4　アイドルはすごい美人ではなく、クラスで8番目（くらい／ほど）
　　にかわいい子が人気になる。

　　偶像受歡迎的並不是個超級美女，
　　而是班上第八名左右可愛的那個女孩。

*5　日本人100人中何人（くらい／ほど＊＊）が
　　臭豆腐が食べられるのか調べてみたい。

　　想調查看看100個日本人裡面，
　　有幾個人討厭吃臭豆腐。

＊＊疑問詞＋ほど不太使用。

程度

同じくらい ≠ 同じほど

💡**用法**　「くらい」在表示程度時，其句型為「＋くらい」，用來
表示「幾乎 ～」「甚至都～」，**此種用法也可以「ほど」
替換**。需特別注意的是，日文中可以講「同じくらい」，
但並**沒有「同じほど」的說法**。

🔍**例句**　このレストランの料理はほっぺが
落ちるくらい美味しい。

這間餐廳的料理好吃到臉頰都要掉下來。

最高的程度

AくらいBはない／いない

＝再也沒有比A還不⋯⋯的B

💡**用法**　「くらい」還能用來表示「**最高的程度**」，標準句型為「A
くらいBはない／いない」，中文可適當翻譯為「再也沒有

比A還不……的B」或「A是最……的」。在這種用法中，
「くらい」可以跟「ほど」替換。

 例句 当選した政治家ぐらい約束を守らない人はいない。
とうせん　せいじか　　　　やくそく　まも　　　ひと

再也沒有比當選的政治家更不守約定的人了。

最低基準的列舉

名詞＋くらい

＝～的話勉強能～、至少也該～

用法　「くらい」在作為「最低基準的列舉」時，其句型為「名
詞＋くらい」，中文可以適當翻譯為「～的話勉強能～」
「至少也該～」。
需特別注意的是，「くらい」在作為「最低基準的列舉」
時，能搭配「せめて」，形成「せめて～くらいは…」的
句型，用來表示「最低限度的願望」，另外「ほど」並沒
有最低基準的列舉用法。

例句 魚を捌くことはできませんが、
カレーぐらいは作れます。

沒辦法殺魚，但勉強會做咖哩。

あの人は本当にケチだ。
お茶ぐらいおごってくれてもいいのに。

那個人真的很小氣，至少也該請我喝個茶吧。

keyword 花點時間一次搞懂！

比一比，不同程度的「くらい」「ほど」用法

程度	くらい	ほど	說明
一般 *1	○	○	可替換使用
相同	○	×	同じくらい（○）
最高 *2	○	○	可替換使用
最低 *3	○	×	只能使用くらい

*1 出産は鼻からスイカを出す（くらい／ほど）痛いらしい。

聽說生小孩就像從鼻子擠出西瓜一樣的痛。

*2 早く寝たいときに耳元で飛ぶ蚊（くらい／ほど）

うっとうしいものはない。

再沒有比想早睡時，
蚊子在耳邊飛更令人鬱悶的事了。

★「せめて〜くらいは」用來表示「最低基準的願望」。

*3 おばあさんが信号無視するのは理解できるが、

せめてタクシードライバー（くらい／ほど）は
交通ルールを守ってほしい。

雖然可以體諒阿桑無視紅綠燈的存在，
但希望至少計程車司機要遵守一下交通規則吧。

比較

> **Aくらいなら B**

＝與其A的話，不如B

💡**用法** 「くらい」還能用於比較，其句型為「Aくらいなら B」，在這種句型中「AB」都不是很喜歡的東西，但跟A 相比B還是比較好一點，因此中文可以翻譯為「與其A的 話，不如B」。

🔍**例句** 「黒皮犬」の小屋で寝るくらいなら、
公園のベンチで寝るほうがましだ。

與其要睡在黑皮的狗屋裡，
倒不如睡公園的長椅還好一點。

<ruby>不満<rt>ふまん</rt></ruby>を<ruby>言<rt>い</rt></ruby>いながら<ruby>働<rt>はたら</rt></ruby>くくらいなら、
<ruby>早<rt>はや</rt></ruby>く<ruby>辞<rt>や</rt></ruby>めて<ruby>次<rt>つぎ</rt></ruby>の<ruby>仕事<rt>しごと</rt></ruby>を<ruby>探<rt>さが</rt></ruby>したほうがいい。

與其一邊抱怨一邊工作的話，
倒不如早點辭職找下份工作還好一點。

雖然可樂貓「終於」願意睡在我身旁了，不過我必須提防一件事，
那就是會不會「臭臭」……

至於是什麼「臭臭」呢？那就是可樂貓在すっきり 爽快 完後，屁
股沒有擦乾淨，因為自從她開始躺到給客人睡的枕頭上之後，
那些枕頭開始出現奇怪的汙漬，黃黃的，帶點臭臭的屎味……
還好是給客人睡的。（XD）

如果有一天她跑到我專睡的枕頭上也留下「臭臭」的話，那個枕
頭就真的是比「大変 不得了」還「大便」了……

可樂貓吐槽助詞の習作　　　　　解答參考〈日檢模擬測驗練習本〉

你真的看懂、學會了嗎？馬上驗收一下。

練習一

Q：每天大概晚上12點睡覺。

這句話翻譯成日文後，不正確的是以下哪一句呢？

❶ 毎日夜12時ぐらいに寝ます。

❷ 毎日夜12時ごろに寝ます。

❸ 毎日夜12時ほどに寝ます。

✎解答：

練習二

Q：「心臟真的停了」是以下哪一句呢？

❶ 心臓が止まって、びっくりした。

❷ 心臓が止まるぐらいびっくりした。

✎解答：

練習三

Q：Aさん:「肉じゃがぐらい作れますよ。」

Ａ先生使用「ぐらい」的考量是以下哪一個？

❶ 我做菜很厲害，連很難做的「馬鈴薯燉肉」也會做。

❷ 我做菜很不熟練，但簡單的「馬鈴薯燉肉」倒是會做。

✎解答：

我「有」說過這句話「嗎?」的「っけ」/「當然～」的「とも」

我家的黑皮狗真的很愛叫,由於他養在樓下,因此四周只要稍有一點動靜,他就會瘋狂的亂叫,比方說垃圾車來收垃圾他會叫,黑狗宅急便的送貨員來送貨也叫,連路人走過我家門前他也要叫,有時候當他窩在狗屋,就算沒人經過也會亂叫一通,而且一叫就是15分鐘。最令人受不了的是他喜歡「アウアウ～」的叫,而且常常是在大半夜,四下無人時「アウアウ～」,我家附近年紀較大的阿公、阿媽都會跑來抗議。

為此我也不是沒罵過黑皮,但黑皮說,身為一隻狗這是習性改不掉啊……說也奇怪,這一陣子他晚上幾乎都沒再亂叫了。我才納悶著,黑皮看到我手上拿著熱騰騰的,號稱比屁股還大塊的「屁股雞排」回家當消夜吃時,突然迅速的衝向我,而且尾巴像汽車雨刷般不斷地左右擺動,然後問我說:「這是我的培根牛漢堡套餐嗎?」看我一臉疑惑,黑皮不開心地唸我,說我之前明明跟他約定好,只

要他晚上不要亂叫，我就要請他吃大餐……可是，我左思右想就是想不起來這件事，所以再向他確認了一次——

「我真的有答應過你嗎？」

「當然有！」

「騙人……」

「絕對有！」

「是唬爛的吧？」

「沒騙你！」

在我跟黑皮一來一往的確認中，我突然想起日文中的「っけ」跟「とも」這兩個助詞，「っけ」用來表示「某種回憶不起來的事情」，通常以「動詞た型＋っけ」，但如果是未來的事情時，則使用「～んだっけ」「～んだったっけ」的方式來表示，而「とも」則用來表示「當然有！」今天就跟大家談談「っけ」跟「とも」，最常見的用法。

っけ

PARTICLE

「っけ」用來表示「某種回憶不起來的事情」，通常以「動詞た型＋っけ」句型呈現。但如果說的是未來的事情時，則使用「～んだっけ」「～んだったっけ」的方式表示。

無法回想起某種回憶

きょう　なんにちめ
今日は何日目だっけ。

今天第幾天了啊？

💡 用法 「っけ」常被用來「無法回想起記憶中的某件事物」，也就是「對於某事物是有印象的，但就是想不起來叫什麼名字、長什麼樣子」之類的，中文可適當翻譯為「咦，～有多久了？」「咦，～才好呢？」「～長什麼樣子啊？」「～是叫什麼來著的？」。

此種用法可用於自言自語，也可以用於向別人確認，此處的「っけ」能用「かな」做替換。

🔍 例句
きょう　　べんぴなんにちめ
今日は便秘何日目だっけ。

今天便祕第幾天了啊？

した　　　　どうりょう
親しくない同僚の「紅包」は
つつ
いくら包むんだっけ。

不熟的同事，紅包要包多少錢啊？

記憶跟現實有差異

～なかった＋っけ

＝奇怪了，我記得明明是～的啊……

💡**用法**　「っけ」在用來表示「自己記憶或印象中的事物跟現實生活中有落差」時，通常使用「～なかった＋っけ」的句型表示，中文可適當被翻為「奇怪了，我記得明明是～的啊……」。

此種用法跟前面「無法回想起某種回憶」相同，**可用於自言自語，也可以用於向別人確認，此處的「っけ」也能用「かな」做替換。**

🔍**例句**　昨日、ここに鍵、置かなかったっけ。

真是奇怪了，昨天鑰匙沒放在這兒嗎？

→ 覺得昨天鑰匙是放在這個位置上，卻沒有。

日本人の女の子は優しいんじゃなかったっけ。

日本的女孩子不是都很溫柔的嗎？

→ 交往後發現，其實並不溫柔。

突然想起某件忘掉的事情

忘れてた。今日は、親の結婚記念日だったっけ。

糟糕，我忘了今天是我爸媽的結婚紀念日。。

💡用法 「っけ」還能用來表示「突然想起某件事情」，這種用法
中文可適當翻譯為「糟糕，我忘了～」，或是「靠，是不
是～了」。

此種用法只能用於自言自語中，無法用於向別人確認，此
處的「っけ」能用「な」做替換。

🔍例句 忘れてた。今日は、彼女の誕生日だったっけ。

糟糕，我忘了今天是我女友的生日。

しまった。昨日、酔っ払って友達の
ベッドで吐いちゃったんだっけ。

完蛋了。昨天喝醉酒，是不是有吐在朋友的床上？

 懷念過去

子供の頃は変身ロボットが大好きだったっけ。

小時候好喜歡變身機器人的說。

💡**用法**　「っけ」還能用來表示「**懷念過去的事情**」用，這是較
新的用法，但在一般會話中已經很普遍地被使用，**可和
「な」做替換**。

此種用法的「っけ」單純只是「**懷念過去**」用，並不是疑
問用法，因此在辨別時，需注意不要搞錯。

🔍**例句**　初めて女の子から告白された時は
どうしていいか分からず、びっくりしたっけ。

第一次被女生告白時都不知道要怎麼辦，當時嚇了一大跳。

<ruby>子供<rt>こども</rt></ruby>の<ruby>頃<rt>ころ</rt></ruby>は<ruby>変身<rt>へんしん</rt></ruby>ロボットが<ruby>大好<rt>だいす</rt></ruby>きだったっけ。

小時候好喜歡變身機器人的說。

keyword 花點時間一次搞懂！

比一比！彙整各種不同用法的特徵，一次牢記

綜合比較	說明
❶ 無法回想起某種回憶	1. 自言自語
	2. 向對方確認
❷ 記憶跟現實有差異	3. 「っけ」可替換成「かな」
❸ 突然想起某件忘掉的事情	1. 自言自語時
❹ 懷念過去	2. 「っけ」可替換成「な」

❶ <ruby>今日<rt>きょう</rt></ruby>は<ruby>便秘何日目<rt>べんぴなんにちめ</rt></ruby>だったかな。

今天便祕第幾天了啊？

❷ <ruby>昨日<rt>きのう</rt></ruby>、ここに<ruby>鍵<rt>かぎ</rt></ruby>、<ruby>置<rt>お</rt></ruby>かなかったかな。

怪了，昨天鑰匙沒放在這裡？

❸ 忘れてた。今日は、彼女の誕生日だったな。

糟糕，我忘了今天是我女友的生日。

❹ 子供の頃は変身ロボットが大好きだったな。

小時候好喜歡變身機器人的說。

とも

PARTICLE

「とも」用來表示「當然～」接著來看一下「とも」的用法。

斷定

あるとも。
　　　　　　　　　　　　　　　　　　　　　　當然有啊！

💡 用法　「普通体＋とも」作為「斷定」的用法時，通常會在「一
　　　　問一答」的對話中，以答句的方式出現，中文可依句子適
　　　　當翻成「好啊！」「沒問題！」「當然～」等。
　　　　需特別注意的是，「とも」雖然是日文檢定中常見的考

題，但由於**日本人講話時，不喜歡斷定的表現方式，因此在會話中使用「とも」的情況並不多**。一般而言，在小說的台詞裡，特別是海外的小說翻成日文時較能看到。

例句　A：明日、来てくれるかな。　　　　　明天你會來吧？
　　　B：いいとも。　　　　　　　　　　　當然啊！

　　　A：UFO見たことある？
你有看過幽浮嗎？
　　　B：あるとも。昨日も宇宙人が
現れて一緒にボーリングしたんだ。
當然有啊，外星人昨天也來了，還一起打保齡球咧！

雖然

～ようとも ＝即使……也

💡 **用法** 　「意向型＋とも」有「雖然／即使／就算……」的意思，
跟「て型＋も」的用法一樣。

🔍 **例句** 　子供は母親にどんなに叱られようとも（＝叱られても）、
おもちゃをねだり続けました。

小孩就算再怎麼被媽媽罵，還是繼續吵著要玩具。

前に立っている人が睨みつけようとも（＝睨みつけても）、
おばさんは座席の上の鞄を退けなかった。

站在前面的人再怎麼瞪眼，阿姨就是不移開座位上的包包。

回想起來，那天晚上的雞排事件可能是黑皮亂吹牛，又或者我真的
曾經答應他，只是我忘了這件事。總之，那天看在黑皮快暴衝的危
急下，我寧可把雞排給他吃，也不想讓他吃掉我。

所以儘管我心不甘情不願，最後還是把珍愛的雞排讓給他，雞排事
小，我的生命重要，而且只要他晚上不要再亂叫，不會造成別人的
困擾就好了，大家說是吧！

你真的看懂、學會了嗎？馬上驗收一下。

練習一

Q：忘了今天是否有考試時，可以使用以下哪一句呢？

❶ 今日（きょう）はテストがあるっけ。

❷ 今日（きょう）はテストがあったっけ。

✎解答：

練習二

Q：錢包不在昨天放的地方時，可以說以下哪一句呢？

❶ あれ、ここに財布（さいふ）、置（お）いたっけ。

❷ あれ、ここに財布（さいふ）、置（お）かなかったっけ。

✎解答：

練習三

Q：Aさん：「日曜日（にちようび）、引（ひ）っ越（こ）しを手伝（てつだ）ってくれない？」

　　　Bさん：「＿＿、手伝（てつだ）うとも。」

＿＿應填入的是以下哪一個呢？

❶ たぶん

❷ もちろん

✎解答：

休憩する
TAKE A BREAK

日語助詞王——王可樂妙解20個關鍵，日檢不失分

感動「哩」的「ね」／我跟你講「啊」的「よ」／我是女生「喔」的「わ」

有一天早上，我聽到「可樂貓」跟「當窩」兩隻貓在辯論，當當窩「喵、喵」的時候，可樂馬上強勢地回擊他「喵、喵、喵喵、喵喵喵」，兩隻貓吵來吵去的，我都不能工作了。我停下手邊的事，問他們怎麼了，可樂說「她覺得日語是個很三八的語言。」當窩則是抱持反對的意見。我為了釐清原因，接著問可樂「日語又怎麼了？那裡惹妳生氣了？」她回答說看電視時，日本的藝人一下子「有」，一下子「累」，一下子又講「挖」，聲音拉得又尖又長，聽起來好做作，好討厭喔。

原來如此；不懂日文的人，若是常聽到日本人講話時句尾的「よ、ね、わ」時，一定會有一種說不出的違和感，其實這些都是句子的語助詞，把它們放在句尾時，會產生不同的意思及用法，而且它們在使用上也有一些限制，例如，名詞、な形容詞接續「ね、よ」時，會根據男女而有不同用法：

男生：「きれいだね＼きれいだよ」，會放入「だ」，

女生：「きれいね＼きれいよ」，不會放入「だ」。

而「わ」則是女生專用的語尾詞，然而現今的日本女性並不太使用。無論如何，現在就針對這三個助詞為大家做介紹，請貓咪們不要再吵架了，讓我耳根清淨一下吧！

ね

PARTICLE

男女生在使用「ね」這個語尾助詞時，說的方式會有些不同。較常用在表達詢問對方意見或贊同對方想法，以及確認、親近、勸誘等。要注意的是，根據用法的不同，語調上也有差異變化。

求別人的同意 / 同意別人的意見

えい が　　　 おもしろ
映画、面白かったね。

電影很有趣吧。

💡**用法**　「ね」可以用來表示「尋求別人的同意」及「同意別人的意見想法」用，在此種用法中，「ね」的音調需下降。另

外，若將「ね」省略的話，會變成自言自語，因此不能省略「ね」。

🔍例句 A：さっきの映画、本当に面白かったね。

剛才的電影，真的很有趣吧？

B：そうですね。

對啊！

A：この温泉、腐った卵みたいな匂いがするね。

這溫泉散發著雞蛋壞掉的味道耶！

B：本当ですね。

真的耶！

確認

日本ではあまり有名じゃないんですね。

在日本沒那麼有名吧？

💡 **用法**　「ね」還能用來做「**確認**」用，這指的是「對於自己所知
道的答案或事物，向對方做更進一步的確認」的意思，**此
時，「ね」的音調必須上揚。**
需特別注意的是，**如果將「ね」改成「か」的話，會變成
「自己也不知道答案或事物，而詢問對方」。**

🔍 **例句**　セットのドリンクはアイスティーですね。

套餐的飲料是冰紅茶吧？

「強力わかもと」は日本ではあまり有名じゃないんですね。

若元加強錠在日本沒那麼有名吧？

 表示親密度

やっぱりツンデレだからですね。

那還用說，肯定是因為傲嬌啊！

💡用法　「ね」作為「親密度」的用法時，通常只會用於「一問一答的答句中」，用來表示「那還用說肯定是……」「當然是……」。

需特別注意的是，**當答句是無需思考、無需想起的情況時，不能加上「ね」。**

🔍例句　A：可楽猫はどうしてみんなから
可愛(かわい)がられているんですか。

為什麼大家都喜歡可樂貓呢？

B：やっぱりツンデレだからですね。

那還用說，肯定是因為傲嬌啊！

A：明日(あした)、世界(せかい)がなくなるなら、
最後(さいご)に何(なに)が食(た)べたいですか。

如果明天是世界末日的話，最後你想吃什麼？

B：サーモンとイクラの親子丼(おやこどん)が食(た)べたいですね。

想吃鮭魚跟魚卵的親子丼啊！

keyword 花點時間一次搞懂！

比一比，一問一答時，什麼情況可以用「ね」？

什麼情況不可以用「ね」？

答句	句尾	例句
不需思考	不加 ね	A：お名前は？請問貴姓？ B：田中ですね。我是田中。
需思考	加 ね	A：この本はどうですか？這本書怎麼樣？ B：面白いですね。很有趣啊！

 依賴、勸誘

一緒に頑張ろうね。

一起加油吧！

💡**用法** 「ね」常作為「依賴」或「勸誘」別人做某件事時用，在

此用法中「ね」的聲調必須下降。

例句 今度、新しい彼氏の写真見せてね。

下次要給我看新男友的照片哦！

ダイエット、一緒に頑張ろうね。

減肥，一起加油吧！

表明自己的意見

そうは思いませんね。

我不這麼認為耶。

用法 「ね」在作為「表明自己的意見」時，聲調也必須下降，由於這是表明自己的意見，因此常以「**私は～ね**」的句型出現。

例句 A：高校生はアルバイトをせず、勉強したほうがいいです。

高中生不要打工，好好讀書比較好。

B：そうは思いませんね。アルバイトから学べることも多いです。

我不這麼認為耶。從打工中學到的東西也很多啊！

A：徴兵制についてどう思いますか。

關於徵兵制，你怎麼想？

B：私は反対ですね。

若者の時間を無駄にしているだけです。

我反對耶，只是浪費年輕人的時間而已。

跟「ね」一樣，男女生在使用「よ」這個語尾助詞時，說的方式會有些不同。較常用在表達告知、委婉要求，或命令、強烈命令，或不滿，以及勸誘等。要注意的是，根據用法的不同，聲調上也有差異變化。

告知

お弁当が半額になりますよ。

便當半價販售哦。

💡用法　「よ」作為「告知別人情報或訊息時」，聲調必須往上

揚，此種用法用來**向別人傳達他不知道的事情**，中文可適

當翻譯為「我跟你講喔……怎麼了」。

 例句 閉店の30分前に行くと、お弁当が半額になりますよ。

關店的前30分鐘去的話，便當半價哦。

ズボンのチャックが開いていますよ。

你褲子的拉鏈開了哦。

委婉的要求、命令

体に気をつけなさいよ。

請注意身體哦！

用法 「よ」能**委婉地「要求別人」或「對別人下命令」**用，在

此種用法中，「よ」的聲調必須上揚。

 例句 今日は結婚記念日だから、早く帰ってきてよ。

今天是結婚紀念日，要早點回來喔！

仕事が忙しくても体に気をつけなさいよ。

即使工作忙碌，也請注意身體哦！

強烈的命令、不滿

おな しっぱい く かえ
同じ失敗を繰り返すなよ。

不要重複相同的失誤。

💡 **用法** 「よ」還能用來表示「強烈的命令」或「不滿」,在此種
用法中,「よ」的聲調必須下降。

🔍 **例句** おな しっぱい く かえ
同じ失敗を繰り返すなよ。

不要重複相同的失誤。

なか かのじょ ぼく
バイトの中で彼女がいないのは僕だけだよ。

在打工的人中,沒女朋友的,只剩我一個人。

 **勸誘**

けっこん
結婚しようよ。

結婚吧!

💡 **用法** 「よ」在表示「勸誘」時,聲調必須下降。

例句 僕の髪が肩まで伸びたら、結婚しようよ。
　　ぼく　かみ　かた　　の　　　　　　　けっこん

我頭髮長到肩膀的話，就結婚吧！

来週、一緒に婚活パーティーに行きましょうよ。
らいしゅう　いっしょ　こんかつ　　　　　　　　い

下個星期，一起去參加婚友活動吧！

keyword花點時間一次搞懂！

比一比，①「よ」、②「ね」、③「よね」用法哪裡不同

①「～よ」用於「對方不知道的事情」，也就是「情報提供」，告知對方某事用。而「～ね」「～よね」意思較接近，都是用於「對方所知道的事情」上，但是用法上仍有不同。

②「～ね」用於「自己跟對方都知道的事情」。使用「～ね」表示「向對方確認、尋求同意」。

③「～よね」用於「對方知道，自己卻不太確定的事情」，使用「～よね」會變成「向對方確認」。

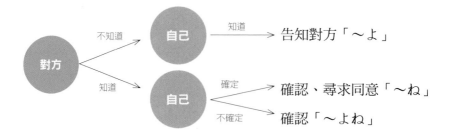

★ 情報提供

⭕鼻毛が出ていますよ。鼻毛跑出來了哦！

［情報提供；告知對方事實］

❌鼻毛が出ていますよね。

★ 確認

⭕明日の待ち合わせは2時ですね。明天的約會是2點吧。

［確認；自己跟對方都知道是2點］

⭕明日の待ち合わせは2時ですよね。

［確認；自己不太確定時間，所以向對方確認］

所以，若是覺得「現在很熱」，想尋求別人的同意時，應該怎麼說呢？

⭕今日は暑いですね。今天很熱。

❌今日は暑いですよね。

わ

PARTICLE

「わ」被視為女性的語尾助詞，而且多見於「年長的女性」，年輕的女生比較少使用，因為會產生上對下的語感。

女性用語的結尾

桜（さくら）がとってもきれいだわ。

櫻花好美喔！

💡用法 「わ」常被作為「女性用語」的結尾，也因此男生通常不會使用，需注意的是**這種用法常見於「年長的女性」**，年輕的女生比較少使用，因為**會產生上對下的語感**。
另外，現在在電視節目上常會聽到的「わ」，**其實是關西腔的語尾，男女生都可以使用，跟告知的「よ」意思幾乎相同。**

🔍例句 桜（さくら）がとってもきれいだわ。

櫻花好美喔！

あなたなんて、顔も見たくないわ。

像你這種人，我連臉都不想看。

keyword 花點時間一次搞懂！

比一比，年長女士和年輕女孩使用「わ」時哪裡不一樣？
關西腔與標準日語又有何不同？

區分	例句
❶ 年長女性使用	桜がとってもきれいだわ。　　櫻花好美喔！ ご飯ができたわよ。　飯做好了哦！
❷ 年輕女生使用 （上對下關係）	土下座したら、許してあげてもいいわ。 如果跪著道歉的話，原諒你也是可以的。 あなたなんて、顔も見たくないわ。 像你這種人，我連臉都不想看。
❸ 關西腔よ＝わ （男女皆適用）	標準語： あの映画、とても面白いし、すごく泣けるよ。 那部電影很不錯，讓人感動流淚。 關西腔： あの映画、バリウケるし、涙ちょちょ切れるわ。 那部電影很不錯，讓人涙流不止。

上面林林總總講了一大堆，不知不覺的「可樂貓」跟「當窩」都聽到睡著了。總之簡單的說，「よ、ね、わ」就類似中文裡的「啊、哩、喔」等語尾詞，它們的功用雖然沒有「に、で、を」等助詞強大，但它們可是日文中最有感情的助詞，因此學習日文的朋友，也請一定要熟悉它，才能講出一口有感情不生硬的日文喔！

你真的看懂、學會了嗎？馬上驗收一下。

練習一

Q：兩個人一起去賞花，會講「好漂亮喔」的日文會是以下的哪一個呢？

❶ きれいですね。

❷ きれいですよ。

✎解答：

練習二

Q：明日は9時に待ち合わせですね。

符合說話者的狀況是以下哪一個呢？

❶ 記得是「9點」，想要再確認一下。

❷ 有聽到似乎是「9點」，但不太確定，想要確認。

✎解答：

練習三

Q：これ、おいしいわ。

句中的說話者，是以下的哪一個？

❶ 女生

❷ 男生

❸ 不確定是女生，還是男生。

✎解答：

發生什麼事「了?」的 「かしら」跟「かな」

也許夏天到了吧,黑皮最近越來越懶,食欲也減少了,本來裝滿大碗公的飼料盒,黑皮可以用兩分鐘不到的時間,很迅速地把它給「平らげる_{吃光}」,但最近飼料盒裡的飼料幾乎都沒被動過,而且黑皮的臉越來越憂愁,一副有氣無力的樣子。小朋友懷疑他生病了,所以經常看著黑皮之前的照片,自言自語地說:「黑皮沒事吧?」有時她擔心黑皮,還會跑到樓下問候黑皮「你還好嗎?」

看到黑皮這樣,我們也很擔心,所以請了醫生來幫黑皮檢查。醫生看了黑皮後,只說黑皮沒事,只是天氣太熱而且太胖了,建議讓他多動少吃,聽醫生這樣講,我跟小朋友都放心了。

不過,想到小朋友一下看著黑皮的照片自言自語,一下又跑到樓下去問候黑皮,我就想起了日文中的「かな」跟「かしら」,這兩個助詞意思完全相同,都是放在句子最後的語助詞,用來表示「懷疑」或「確認」等用。

かな、かしら PARTICLE

「かな」這個字很特別，男女生都能用，而「かしら」通常是女生的講法。另外偶爾會聽到「～ます／ません＋かな」的用法，這通常是年長的男性說法，今天就為大家介紹「かな」和「かしら」最常見的用法和意思吧！

 懷疑

私のことが好きなのかな／かしら。

是喜歡我嗎？

💡用法　「かしら」跟「かな」作為「懷疑」的意思時，用來表示對於「自己的記憶」或「判斷」感到不確定，或沒自信，由於這是自言自語的用法，因此聽者沒有必要回答說話者的疑問。另外，若用於對自己的記憶感到不確定時，可用「っけ」作替換。

🔍例句　あれ、今日は彼女の誕生日だったかな。

咦，今天是女友的生日嗎？

〔自己的記憶不確定；句中的だったかな，可替換成だったっけ〕

あの人、ずっとこっちを見ている。
私のことが好きなのかしら。

那個人一直看著這裡。是喜歡我嗎？

〔自己的判斷；句中的好きなのかしら，不可替換成好きなのっけ〕

 確認

〜のほうがいい ＋ かな／かしら。

＝〜比較好吧？

💡 用法　「かしら」跟「かな」**作為「確認」的意思時**，用來表示「對於自己的判斷沒有自信，而向對方確認，常以「〜のほうがいい ＋ かな／かしら」的句型出現，**在這種用法中，聽者有必要回答話者的問題。另外，「かしら」跟「かな」的聲調必須下降。**

🔍 例句　本当は彼女が悪いんだけど、僕の方から謝ったほうがいいのかな。

雖然實際上是她的錯，但我主動道歉還是比較好吧？

毎日残業で楽しくない。
新しい仕事を探したほうがいいのかしら。

每天加班真不開心。還是找新工作比較好吧？

keyword 花點時間一次搞懂！

標準語和關西腔的說法有點不同

前面的例句中會看到「～のかな／～のかしら」，也就是加上
「の」的用法，但是並沒有加入「ん」的用法，也就是說標準日語
中「～んかな／～んかしら」是不存在的。不過，關西腔的方言卻
存在著「～んかな／～んかしら」的說法，它的意思跟「～のかな
／～のかしら」幾乎相同。

標準語	～のかな／～のかしら	使用
	~~～んかな／～んかしら~~	不使用
關西腔	～のかな／～のかしら	兩者皆會使用
	～んかな／～んかしら	

困惑

意向型＋かな／かしら

＝是不是～好呢？

💡 **用法**　「意向型＋かな／かしら」時，用來表示「困惑」，這指的是「**對自己將要進行的某種動作感到不確定——猶豫、困惑**」**的意思**，中文可視情況適當翻為「是不是～好呢？」

🔍 **例句**　家まで我慢できないから、
草むらで用を足そう（かな／かしら）。

我沒辦法忍到回家，
是不是就在草叢裡解決（小便）掉好呢？

結局、面接は見た目だから、
整形でもしよう（かな／かしら）。

結果，面試也是看外表，
乾脆整個形算了。

期待

～ない＋かな／かしら

＝怎麼不～

💡用法 「かな／かしら」時，還能用來表示「期待」或「願望」，通常以「～ない＋かな／かしら」的句型出現，該句型常用於「自己無法干涉、改變」的情況。

🔍例句 お金がないよ。

財布でも落ちてない（かな／かしら）。

沒錢啊，怎麼不掉個錢包之類的啊～

テスト受けたくないよ。

台風が来て、校舎が吹き飛ばされない（かな／かしら）。

真不想考試。
怎麼不來個颱風，把教室都吹走呢？

 依賴

一緒に引っ張ってくれないかな／かしら。

要不要一起來幫我拔呢？

💡用法 「かな／かしら」還有「依賴」的用法，**作為「依賴」用法時，話者會給聽者「上對下的語感」**，因此在使用時需特別注意。

🔍例句 <ruby>鰊<rt>にしん</rt></ruby>のパイを<ruby>孫<rt>まご</rt></ruby>の<ruby>誕生日<rt>たんじょうび</rt></ruby>パーティーに<ruby>届<rt>とど</rt></ruby>けてくれないかな／かしら。

能不能在我孫子的生日派對時，
把鰊魚派寄來？

<ruby>蕪<rt>かぶ</rt></ruby>が<ruby>抜<rt>ぬ</rt></ruby>けないので、<ruby>一緒<rt>いっしょ</rt></ruby>に<ruby>引<rt>ひ</rt></ruby>っ<ruby>張<rt>ぱ</rt></ruby>ってくれないかな／かしら。

大頭菜拔不起來，
要不要一起來幫我拔呢？

 委婉

<ruby>僕<rt>ぼく</rt></ruby>は<ruby>好<rt>す</rt></ruby>き（かな／かしら）

＝～但我很喜歡說。

💡用法 「かな／かしら」還能用來表示「委婉」，通常用於「反對對方的意見」或「緩和別人的批評」用。

🔍 例句 みんなマクドナルドは不味（まず）いっていうけど、
僕（ぼく）は好（す）き（かな／かしら）。

大家都說麥當勞難吃，
但我很喜歡的說。

可楽猫はいつも
自分勝手（じぶんかって）なところがある（かな／かしら）。

可樂貓一直都有點任性的說。

根據上述的說明，小朋友拿著黑皮的照片自言自語地擔心黑皮時，
就是「懷疑」的用法，就算沒人回覆她也無所謂。
而當小朋友跑到樓下問黑皮好不好時，是「確認」的用法，黑皮就
必須回覆她。無論如何，黑皮雖然現在不太「happy」，但至少沒
事，太好了。

可樂貓收尾助詞の習作

解答參考〈日檢模擬測驗練習本〉

你真的看懂、學會了嗎？馬上驗收一下。

練習一

Q：明日は晴れるかしら。

這句的說話者，是以下哪一個呢？

❶ 女生

❷ 男生

❸ 不確定是女生，還是男生。

✎ 解答：

練習二

Q：冷蔵庫に卵あったかな。

和本文相同意思的是下列哪個呢？
❶ 冷蔵庫に卵あったかも。
❷ 冷蔵庫に卵あったっけ。

✎ 解答：

練習三

Q：祈求明天放颱風假。

以日文來說，合適的是下列哪一個？
❶ 明日、台風で休みになるかな。
❷ 明日、台風で休みにならないかな。

✎ 解答：

練習四

Q：「今、ポケモンが流行っているけど、

僕は興味がないかな。」

句中的「かな」意思，是下列哪一個呢？

① 沒直接表明「沒有興趣」，而是委婉的表示。

② 自己也不了解有沒有興趣。

✎ 解答：

練習五

Q：「明日、シーツを洗濯しようかな。」

符合例句意思的是以下哪一個呢？

① 決定要洗。

② 疑惑著要不要洗。

✎ 解答：

Particle **18**

一定要成功「！」的「ぞ」跟「ぜ」

可樂貓突然愛上台語老歌，每天無時不刻地聽著＜愛拚才會贏＞＜愛情的恰恰＞等歌曲，尤其最喜歡＜一定要成功＞這首由陳百痰唱的老歌，一天要聽好幾十次才行，心情不好時聽，開心時也聽，越聽越激動，而且在聽完這首歌之後，一定拍拍胸脯，以一種期許的口吻對自己說：「我要更努力，一定要成功。」真受不了。

小朋友也許因為年紀比較小，所以對於可樂貓每天聽的愛歌，實在不敢領教，只聽年輕人喜歡的歌曲，例如「捌貳貳」的＜癡情玫瑰花＞……等，非常洗腦。

有一天這兩隻貓，為了喜歡的歌曲竟然吵了起來，可樂貓靠著她巨大的身體把小朋友壓在下面，大喊著「愛拚才會贏，一定要成功」，小朋友則大叫著「救命啊……，你一定會失敗」，兩隻貓叫來叫去的，真是不受教。

看到她們兩隻貓互嗆「一定會成功」跟「一定會失敗」時，我想起了日文中的尾助詞「ぞ」，它接在句尾，用來表示「決心」等。本來是男生專用，但最近使用「ぞ」的女生也增加了，「ぞ」前面一般都接「普通體」，且只用於平輩、晚輩，或自言自語時，不能用於長輩。馬上來看看「ぞ」跟「ぜ」的用法吧！

ぞ

PARTICLE

「ぞ」本來是男性用語，但最近使用「ぞ」的女性也增加了。「ぞ」前面一般都接「普通體」，且只對平輩、晚輩，或自言自語時使用，不能用於長輩。接在句子尾則表示「決心」等。

提醒

たの
頼んだぞ。

拜託了。

💡用法　「ぞ」可用於表示「提醒」，是很直接的講法，口氣比較強烈，因此常用於「叮嚀」「警告」「威脅」的句子。

🔍 例句　可愛い女の子紹介してくれよ。頼んだぞ。

要介紹可愛的女孩子給我哦。說好了哦！

紹介してくれなかったら、許さないぞ。

沒介紹給我的話，我可不放過你喔！

 察覺某事

そうだぞ。 好像是～

💡 用法　「ぞ」也可表示「注意」「察覺到某件事」，這種用法只
出現在「自言自語」，或表示「心裡的某種想法」時。

🔍 例句　黑皮犬から雑巾の臭いがするぞ。

總覺得黑皮狗的身上有一股抹布的臭味。

可楽猫はなんだか機嫌がよさそうだぞ。

總覺得可樂貓心情好像很不錯的樣子。

 決心

頑張るぞ。 要加油哦！

💡**用法**　「ぞ」還能用來表示「決心」，這種用法也只會在「自言自語」，或表示「心裡的某種想法」時出現。

🔍**例句**　よし、頑張^{がんば}るぞ。

好！一定要加油哦！

明日^{あした}から、ダイエットするぞ。

從明天開始，決定要減肥了！

ぜ

PARTICLE

尾助詞「ぜ」主要是男性用語，用法跟「ぞ」很類似，它前面一般也是接續「普通體」，雖然它也不是個客氣的用法，但由於它的口吻較溫和，所以通常對自己覺得較親近的人使用。另外「ぜ」也不能用於長輩，這一點必須注意。

提醒

出発^{しゅっぱつ}するぜ。 　　　　　　　　　　　　　　　　　要出發了哦！

💡**用法**　「ぜ」可用於表示「提醒」，也可用於「叮嚀」「警告」「威脅他人」，但相對於「ぞ」語氣上更委婉、間接。

🔍 例句 準備はできたか。出発するぜ。 準備好了嗎？要出發了哦！
　　　　じゅんび　　　　　　　　しゅっぱつ

　俺を怒らせないほうがいいぜ。 最好不要惹我生氣喔！
　おれ おこ

keyword 花點時間一次搞懂！

關於「ぞ」跟「ぜ」的差異

ぞ	1.男女性用語，較直接，心中的想法會「原封不動」地傳達給對方 2.語氣直接，可用來警告威脅別人 3.不能接意向型
ぜ	1.男性用語，較委婉，心中的想法在思考整理後，以結論的方式傳達給對方 2.語氣間接，不適用於警告別人「眼前有危險」 3.可接意向型

比一比「ぞ」跟「ぜ」哪裡不同？

❶ お前が悪いんだぞ。　　　（語氣直接）　　　　　就是你不對啊！
　まえ わる

　お前が悪いんだぜ。　　　（語氣委婉）　　　　　是你不對吧！
　まえ わる

❷ 由於「ぜ」比較間接，口氣也較為溫和，
　因此不適用於警告別人「眼前有危險」。

　⭕ やめろ。触るな。爆発するぞ。　　住手，不要碰，會爆炸！
　　　　　　さわ　　ばくはつ

　❌ やめろ。触るな。爆発するぜ。
　　　　　　さわ　　ばくはつ

❸ 「ぜ」能接在意向型的後面，「ぞ」則不行。

 一緒(いっしょ)に行(い)こうぞ。　　 一緒(いっしょ)に行(い)こうぜ。　　　　　一起走吧！

向對方傳達結論

うまくいったぜ。

會順利啦。

💡 **用法**　「ぜ」還能用來表示「**將自己判斷好的結論，傳達給對方**」，

而這種結論通常是帶有自信的。

🔍 **例句**　可楽猫(ねこ)はきっと他(ほか)の猫(ねこ)から嫌(きら)われているぜ。

可樂貓肯定會被其他的貓咪所討厭。

絶対(ぜったい)お前(まえ)を幸(しあわ)せにするぜ。

絕對會讓你幸福的。

那天，兩隻貓大吵一架，有一整個星期都不講話，沒想到昨晚她們
竟然各自坐在沙發上聽著「六月天」的新專輯，並且不約而同的哼
起歌來，雙雙愛上「六月天」。自此可樂貓再也不聽台語老歌，小
朋友也把「捌貳貳」的唱片丟到一旁，看到這種情形，我不得不說
她們是最善變的貓咪……。

可樂貓~~咬~~尾巴助詞の習作

解答參考〈日檢模擬測驗練習本〉

你真的看懂、學會了嗎？馬上驗收一下。

練習一

Q：Ⓐ「頑張るぞ。」
　　Ⓑ「頑張るぜ。」

女生不使用的說法是以下哪一個呢？

❶ A

❷ B

❸ A和B女生都不使用。

✎解答：

練習二

Q：「危ない。木が倒れる_____。」

眼前的樹要倒下時，_____應填入的是以下的哪個呢？

❶ ぞ

❷ ぜ

✎解答：

練習三

Q：「風邪に気をつけるんだぜ。」

適合這說話者的狀況的，是下列哪個呢？

❶ 對感冒休息的下屬強勢地說，不要鬆懈體能管理。

❷ 雖然擔心但沒有坦白的表現出來，

而故意對感冒休息的晚輩，使用強烈說法。

✎解答：

❶ 練習四

Q：「一起努力吧！」

這句以日文翻譯較合適的是下列哪個？

❶ 頑張ろうぜ。

❷ 頑張ろうぞ。

✎解答：

❶ 練習五

Q：「從今天起，不要再吃消夜！」

以日文自言自語地說時，適合的是以下哪一個呢？

❶ 今日から夜食は食べないぜ。

❷ 今日から夜食は食べないぞ。

✎解答：

有「開始」就會有「結束」的「から」跟「まで」

最近黑皮又病懨懨的，一副有氣無力的樣子，大家都很擔心他，問了他怎麼了，他說失戀了，隔壁的小白不理他了。原來黑皮跟隔壁鄰居家的狗偷偷在談戀愛，從四月到七月初，整整談了三個月，怪不得黑皮這陣子容光煥發，毛色又黑又亮，而且整隻發福，完全「幸福肥」的狀態。

雖然黑皮曾經喜歡過很多狗，但他對隔壁的小白似乎是真心的，由於這也是他的初戀，因此這段戀情儘管只有三個月的時間，對他而言卻是刻骨銘心，永生難忘。看到黑皮哭得這麼慘，家裡的三隻貓都不斷地安慰他：「戀愛這東西，有開始就會有結束的，下一個會更好……。」但黑皮怎麼樣也聽不進去，哭個不停。

黑皮真的很難過，他不吃不喝，也不睡覺，一直盯著鄰居家門口思念著小白，但看著他肥胖的身材，我不禁想著，這是個減肥的好機會，

相較於貓咪們的安慰，我倒是更在意「有開始就會有結束」這句話，這也讓我想到日文中的「から」跟「まで」這兩個助詞。就趁著三隻貓都在安慰黑皮的時候，來跟大家介紹一下「から」跟「まで」。

から　　　　　　　　　　　PARTICLE

「有開始就會有結束！」以這句話來講，「から」就是開始，來看看除了「開始」之外，「から」還有哪些實用且常見的用法吧！

 起點

斗六行（ゆ）きの電車（でんしゃ）は3番（ばん）ホームから出発（しゅっぱつ）します。

開往斗六的火車從第三月台出發。

💡**用法**　「場所＋から」可以用來表示「起點」，前面可以接續「時間」或「地點」等「名詞」，用來表示「從～時間開始」或「從～某處開始」，相當於英文的「from」。需注意的是「場所＋から」時，是包含場所在內的，如果單純是「場所の」的情況，則不包括該場所。

🔍**例句**　午後（ごご）8時半（じはん）から弁当（べんとう）の割引（わりびき）が始（はじ）まります。

從晚上8點半開始，便當開始打折。

台北行きの電車は２番ホームから出発します。
<small>ゆ でんしゃ ばん しゅっぱつ</small>

開往台北的火車從第二月台出發。

keyword 花點時間一次搞懂！

比一比，「場所＋から」跟「場所＋の」的用法哪裡不同？

★「場所＋から」時，是包含場所在內的，如果單純是「場所＋
の」的情況，則不包括該場所。

地點＋

から → 包含此地點　　例：台中から北は停班停課です。
<small>きた</small>
　　　　　　　　　　　　　　　　包括台中在內，以北都停班停課。

の → 不包含此地點　　例：台中の北は停班停課です。
<small>きた</small>
　　　　　　　　　　　　　　　　不包括台中，台中以北都停班停課。

動作順序

最近は子供ができてから、結婚するカップルが多いです。
<small>さいきん こども けっこん おお</small>

最近有小孩後，才結婚的情侶很多。

 用法　「動詞て型＋から」則會是「動作順序」的意思，等同於
「〜て、その後……」的意思。
<small>あと</small>

例句　最近は子供ができてから、結婚するカップルが多いです。
<small>さいきん こども けっこん おお</small>

→ 最近<ruby>最近<rt>さいきん</rt></ruby>は<ruby>子供<rt>こども</rt></ruby>ができて、その<ruby>後<rt>あと</rt></ruby><ruby>結婚<rt>けっこん</rt></ruby>するカップルが<ruby>多<rt>おお</rt></ruby>いです。

最近有小孩後，才結婚的情侶很多。

<ruby>大人<rt>おとな</rt></ruby>になってから、「もっと<ruby>勉強<rt>べんきょう</rt></ruby>すればよかった」と<ruby>後悔<rt>こうかい</rt></ruby>する。
→ <ruby>大人<rt>おとな</rt></ruby>になって、その<ruby>後<rt>あと</rt></ruby>「もっと<ruby>勉強<rt>べんきょう</rt></ruby>すればよかった」と<ruby>後悔<rt>こうかい</rt></ruby>する。

長大之後才後悔著「要是能多讀一些書，就好了說⋯⋯」。

keyword 花點時間一次搞懂！

比一比，「動詞て型＋から」跟「動詞て型」的用法哪裡不同？

★「～て」或「～てから」的主詞如果是同一人，其意思相同。

但如果主詞是不同人，解釋則不同。

❶ 「～て」會變成「動作列舉」，說明「A做⋯⋯，B做⋯⋯」

AB動作的順序不明。

<ruby>夫<rt>おっと</rt></ruby>が<ruby>会社<rt>かいしゃ</rt></ruby>へ<ruby>行<rt>い</rt></ruby>って、<ruby>娘<rt>むすめ</rt></ruby>が<ruby>学校<rt>がっこう</rt></ruby>へ<ruby>行<rt>い</rt></ruby>きます。先生去公司，女兒去學校。

〔誰先誰後不清楚〕

❷ 「～てから」則是先後順序，說明「A先⋯⋯後，B才⋯⋯」，

AB動作的順序明確。

<ruby>夫<rt>おっと</rt></ruby>が<ruby>会社<rt>かいしゃ</rt></ruby>へ<ruby>行<rt>い</rt></ruby>ってから、<ruby>娘<rt>むすめ</rt></ruby>が<ruby>学校<rt>がっこう</rt></ruby>へ<ruby>行<rt>い</rt></ruby>きます。

先生去公司之後，女兒才去學校。

從～而～／藉由～

アイドルへの興味から日本語の勉強を始めました。
きょうみ　　　　　にほんご　　べんきょう　はじ

從對偶像的興趣，而開始學日文。

💡用法　「から」也可以**解釋為「從～而」**，從某個原因而去做某
件事情或去判斷某件事情，**常以「名詞＋から」的方式出
現**，這時的「から」也**可以跟「名詞＋で」做替換**，可解
釋為「藉由～而」類似工具手段的「で」。

🔍例句　アイドルへの興味（から／で）
きょうみ
日本語の勉強を始めました。
にほんご　べんきょう　はじ

從／藉由對偶像的興趣，而開始學日文。

エンジンの音（から／で）誰が帰ってきたのかわかります。
おと　　　　　　だれ　かえ

從／藉由引擎的聲音，就知道是誰回來了。

 原因

１２時ですから、お昼ご飯にしましょう。
じ　　　　　　　　ひる　はん

因為已經12點了，來吃午餐吧！

💡 **用法**　「敬體／普通體＋から」可表示原因。

詞性	時態		敬体 ➡ 普通体		原因
動詞	現在	肯	書きます	書く	+から
			あります	ある	
		否	書きません	書かない	
			ありません*	ない	
	過去	肯	書きました	書いた	
			ありました	あった	
		否	書きませんでした	書かなかった	
			ありませんでした*	なかった	
い形容詞	現在	肯	高いです	高い	
			いいです	いい	
		否	高くないです	高くない	
			よくないです	よくない	
	過去	肯	高かったです	高かった	
			よかったです	よかった	
		否	高くなかったです	高くなかった	
			よくなかったです	よくなかった	
な形容詞／名詞	現在	肯	元気です	元気だ	
			先生です	先生だ	
		否	元気ではありません	元気じゃない	
			先生ではありません	先生じゃない	
	過去	肯	元気でした	元気だった	
			先生でした	先生だった	
		否	元気ではありませんでした	元気じゃなかった	
			先生ではありませんでした	先生じゃなかった	

＊ 參考《搞懂17個關鍵文法，日語大跳級！》33頁

例句　１２時ですから、お昼ご飯にしましょう。

➡️　　１２時だから、お昼ご飯にしよう。

因為已經12點了，來吃午餐吧！

　　午後から雨が降りますから、今のうちに洗濯します。

➡️　午後から雨が降るから、今のうちに洗濯する。

因為下午開始會下雨，所以趁現在洗衣服。

受身、受動句的動作主

サークルの先輩から突然告白されました。

突然被社團的前輩告白了。

💡 用法　「受身句（～から～される）」「受動句（～から～てもら
　　　　　　う）」的動作主除了用「に」之外也可以用「から」來表示。

例句　サークルの先輩（に／から）突然告白されました。

突然被社團的前輩告白了。

明日テストがあることを友達（に／から）教えてもらった。

朋友告訴我明天有考試。

💡**用法** 另外，「から」還能作為受動動作的對象。

🔍**例句** 自分の店を出すために、両親（に／から）お金を借りました。
じぶん みせ だ りょうしん かね か

為了要開自己的店，跟父母借了錢。

母（に／から）粽の作り方を習いました。
はは ちまき つく かた なら

從媽媽那邊學習了粽子的做法。

原料

このお酒は厳選された米から作られます。
さけ げんせん こめ つく

這酒是嚴選的白米所製作而成的。

💡**用法** 「から」還能作為「原料」的表示，當**看到某製品，卻不知道該製品的原料時，使用「から」。需注意的是，若是看到某製品時，就能知道該原料是什麼時**，則使用「で」。

原料	助詞	類似英文	例句
看不出來	から	made from〜	このお酒は厳選された米から作られます。 さけ げんせん こめ つく 這酒是嚴選的白米所製作而成的。
看得出來	で	made of〜	草鞋は藁で編まれた靴です わらじ わら あ くつ 草鞋是用稻草編織的鞋子。

226 日語助詞王──王可樂妙解20個關鍵，日檢不失分

強調程度

この倉庫は屋根に１００人から乗っても壊れません。
（そうこ）（やね）（にん）（の）（こわ）

這個倉庫的屋頂就算100人爬上去也不會壞掉。

💡**用法**　「から」在表示「程度」時，以「數字＋から」的句型出
現，用來表示數量大到令人驚訝，雖然日檢N1的考題也會出
現，但在日常生活中日本人並不常用，另外「數字＋から」，
也可以以「數字＋も」的方式出現，其意思是相同的。

🔍**例句**　直径１メートルからある＊かぼちゃがとれました。
（ちょっけい）

摘了有直徑1公尺大的南瓜。　　　　　　　　　　＊からある（N1文法）

この倉庫は屋根に１００人（から／も）
（そうこ）（やね）（にん）
乗っても壊れません。
（の）（こわ）

這個倉庫的屋頂就算100人爬上去也不會壞掉。

 強調決心

ペットを飼い始めたからには、途中で投げ出しては
（か）（はじ）（とちゅう）（な）（だ）

いけない。　　　　　　　　既然開始養寵物，就不能中途棄養。

💡 **用法** 　關於「から」，常見的還有「Ａからには Ｂ」，用來「**強調決心**」，中文可適當翻為「**既然A，所以B**」。

🔍 **例句** 　日本（にほん）へ留学（りゅうがく）するからには、必（かなら）ず卒業（そつぎょう）までにN1に合格（ごうかく）します。

既然要去日本留學，就一定要在畢業前考過N1。

ペットを飼（か）い始（はじ）めたからには※、途中（とちゅう）で投（な）げ出（だ）してはいけない。

既然開始養寵物，就不能中途棄養。＊からには（N2文法）

強調理由

子供（こども）の将来（しょうらい）を心配（しんぱい）しているからこそ、厳（きび）しく育（そだ）てます。

正因為擔心小孩的將來，才會嚴格教養。

💡 **用法** 　「Ａからこそ Ｂ」，則是用來強調理由，中文可適當翻譯為「**正因為A所以才B**」。

🔍 **例句** 　子供（こども）の将来（しょうらい）を心配（しんぱい）しているからこそ、厳（きび）しく育（そだ）てます。

正因為擔心小孩的將來，才會嚴格教育。

家族（かぞく）に支（ささ）えてもらってきたからこそ、今（いま）の私（わたし）がいます。

正因為得到家人的支持，才有今天的我。

まで

PARTICLE

「有開始就會有結束！」以這句話來講，「まで」就是結束，來看看除了「結束」之外，「まで」還有哪些實用且常見的用法吧！

限度、到達點

きない　も　こ　　　にもつ
機内に持ち込める荷物は10kgまでです。

飛機裡手持行李以10公斤為限。

💡 **用法** 「まで」常用來**表示「限度、到達點」**，其意思跟「から」是相反的，需注意的是，**當開始跟結束的時間很清楚的話**，使用「～から……まで」的句型，若是**模糊的話**，使用「～から……にかけて」。

🔍 **例句** このスーパーは夜11時まで営業しています。
よる　じ　　　えいぎょう

這超市一直營業到晚上11點。

きない　も　こ　　　にもつ
機内に持ち込める荷物は１０kgまでです。

飛機裡手持行李以10公斤為限。

keyword 花點時間一次搞懂！

★比一比，開始跟結束時間「很清楚」或「不清楚」應該怎麼說？

從～到～	說明	例句
～から… まで	開始跟結束 時間很清楚	点検のためエレベーターは 10時から12時まで使えません。 為了要定期檢查，10點到12點不能使用電梯。
～から… にかけて	開始跟結束 時間不清楚	桜は3月末から4月中旬にかけて咲きます。 櫻花從3月底到4月中旬開花。

★ 比一比，「まで」作為「時間的限度」或「場所的終點」用法哪裡不同

「まで」作為「時間的限度」時，能以「動詞＋まで」的句型出現。但作為「場所的終點」時，不能以「動詞＋まで」的句型出現。

使用	動詞直接 ＋まで	說明
時間的限度	○	一般動詞接助詞需名詞化，但時間限度可直接加まで ◎田中さんが来るまで待ちましょう。 在田中先生來之前，先等等吧！
場所的終點	×	表示場所的終點時不能直接加まで ☒子供がお母さんのいるまで走って行った。 ◎子供がお母さんのいるところまで走って行った。 小孩跑到媽媽那邊。

驚訝、強調

ジャニーズが好きなので、
日本にまでコンサートを見に行きます。

因為喜歡傑尼斯，竟還專程去日本看演唱會！

💡 用法 「まで」還能用來表示「驚訝」或「強調」，當作為「強調」時，用來表示某件事情的情況或程度超過一般人的認知。

🔍 例句 あの人は動物が大好きで、家に蛇まで飼っている。

那個人非常喜歡動物，在家裡甚至還養了蛇！

ジャニーズが好きなので、日本にまでコンサートを見に行きます。

因為喜歡傑尼斯，竟還專程去日本看演唱會！

💡 用法 需特別注意的是，**不能單從「～まで」直接判斷「限度、到達點」或「驚訝、強調」，而要依句子的前後文來判斷。**

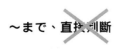

～まで、直接判斷

❶ 限度、到達點

❷ 驚訝、強調

🔍 **例句** 10時まで残業した。

加班到10點。

💡 **用法** 「加班到10點」時，單純是指時間的「終點」？還是想強調加班到10點這麼晚的時間呢？如果沒有句子的前後文，是無法判斷的，因此若改為下例句子就可以清楚判斷了。

🔍 **例句** いつも10時まで残業した。 ➡️ 限度、到達點

我總是加班到10點。

昨日10時まで残業して、倒れそうでした。 ➡️ 驚訝、強調

我昨天加班到10點，差點累壞了。

keyword花點時間一次搞懂！

比一比，「～まで」跟「～までに」用法哪裡不同？

★關於「まで」，常見的還有「～まで」跟「～までに」的用法區分。

❶ 當「（時間）まで～する」的情況，用來表示某動作「持續」到該時間為止，這裡的「まで」是「持續」的意思。

例句 3時_じまでレポートを書_かきます。

報告一直寫到3點。

② 當「（時間）までに～する」的情況，用來表示某動作在「某時間前結束」，這裡的「までに」是「期限」的意思。

例句 3時_じまでにレポートを書_かきます。

在3點前把報告寫完。

★看看圖就一目了然了

① 「３時まで～」的情況為

➡➡ 報告一直寫，寫到3點。

② 「３時までに～」的情況為

➡➡ 3點前把報告寫完了。

「から」跟「まで」常被用來表示「時間的範圍、長度」，例如：
① 黑皮「從早到晚」哭個不停啦。② 可樂貓「從早上9點到晚上8點」都在睡。③ 小朋友「從下午4點到6點」都在看卡通。④ 當窩「從白天到傍晚」都在院子裡閒逛等等。這些都可以用「～から～まで」來表示，是個非常初級，卻非常實用的助詞用法，大家請一定要學起來。

你真的看懂、學會了嗎?馬上驗收一下。

練習一

Q:「因為是星期天所以~」

這句以日文翻譯的話,是以下哪一句呢?

❶ 日曜日から~

❷ 日曜日だから~

✏ 解答:

練習二

Q:在＿＿＿＿填入「から」,是下列哪一個呢?

❶ 法隆寺（ほうりゅうじ）は木（き）＿＿＿作（つく）られた世界最古（せかいさいこ）の建物（たてもの）らしいです。

❷ この焼酎（しょうちゅう）は芋（いも）＿＿＿作（つく）られています。

✏ 解答:

練習三

Q:在＿＿＿＿填入「まで」,是下列哪一個呢?

❶ 日曜日（にちようび）は昼（ひる）＿＿＿寝（ね）ています。

❷ このレポートは明日（あした）＿＿＿提出（ていしゅつ）しなければなりません。

✏ 解答:

我會永遠「陪」你走下去的「と」

如果我沒有記錯的話，當窩應該是2006年來我家的，而可樂跟小朋友則分別是2007、2008年來我家。換句話說，三隻貓都已經開始進入高齡的狀態了，當窩由於每天都在庭院散步，所以雖然年紀是最大的，但他的肌肉卻是最結實的，而可樂從今年起行動力變弱了，她除了失眠睡不著覺外，一天中大多數的時間都在睡覺，小朋友最近則是挑食得很嚴重，除了罐頭外，飼料都不吃，整隻瘦得很。

雖然這三隻貓的健康狀況都算良好，但由於他們都10歲左右了，因此我很害怕他們老去，甚至我連接受他們老去的勇氣都沒有，認識的醫生跟我講：「只要是生命，總有一天都會衰老，你該做的就是陪他們走下去，不管發生什麼事。」是的，不管工作有多忙，也要多跟他們在一起，多陪伴他們。

說著說著心情感傷了起來，作為「気分転換」，就來跟大家談談日文中助詞「と」的用法吧。

と

PARTICLE

「と」除了大家最熟悉的「並列」用法外,還有伴隨、相互動作、引用內容、發現、變化、定義等多種用法。

並列

けいたい こわ
携帯とバイクが壊れてしまった。

手機和機車都壞了。

💡**用法**　「**と**」**最常用來表示名詞的「並列」**,所謂的「並列」,就是英文的「and」,中文通常能翻成「和」。

🔍**例句**　まいにち やしょく かし た
　　　毎日、夜食にカップラーメンとお菓子を食べます。。

每天消夜都吃泡麵和點心。

こんげつ
今月はついてない。
けいたい こわ
携帯とバイクが壊れてしまった。。

這個月諸事不順,
手機和機車都壞了。

伴隨

日曜日は彼女と映画を見に行きます。
(にちようび　かのじょ　えいが　み　い)

星期天和女朋友去看電影。

💡 **用法**　「と」在表示「伴隨」時，可以跟「～と一緒に」替換，
其意思為「跟某人一起～」。

🔍 **例句**　友達と卒業旅行で日本へ行きました。
(ともだち　そつぎょうりょこう　にほん　い)

和朋友一起在畢業旅行時去日本。

毎年大晦日の夜は家族と麻雀をします。
(まいとしおおみそか　よる　かぞく　マージャン)

每年除夕夜和家人打麻將。

 **相互動作**

💡 **用法**　「と」作為「相互動作」時，用來表示「在雙方都認可的
情況下，同時進行某動作」。如果替換成「に」就暗指是
「單方面動作」。

例句　夢はイケメンのお金持ちと結婚することです。

夢想是和帥氣的有錢人結婚。

昨日、彼女と大喧嘩をしてしまいました。

昨天和女朋友大吵了一架。

keyword 花點時間一次搞懂！

比一比，「相互動作」跟「單方面動作」用法哪裡不同？

比較	說明	例句
に	單方面動作	彼女に振られました。　被女友甩了。〔仍喜歡著對方〕
と	相互動作	彼女と別れました。　跟女友分手了。〔互相理解而同意分手〕

引用內容

昔の恋人から「二度と顔も見たくない」

と言われました。

被舊情人說「再也不想看到你」。

💡**用法** 「と」作為「引用內容」時，後面通常接續「言います、
思います」等「發言」或「思考性質」的動詞，此種用法
的「と」，相當於英文的「that」。
需特別注意的是，若是**「命令」或「祈願」時的引用內**
容，不使用「と」，而使用「ように」。

🔍**例句** 黒皮犬は昔の恋人から「もう二度と顔も見たくない」
と言われました。。

黑皮狗被舊情人說「再也不想看到你」。

可楽猫は自分が世界一可愛い猫だと思っています。

可樂貓自以為自己是世界上最可愛的貓。

keyword 花點時間一次搞懂！

比一比，「と」跟「ように」的用法對照

比較	說明	例句
と	發言	黒皮犬は昔（むかし）の恋人（こいびと）から「もう二度（にど）と顔（かお）も見（み）たくない」と言（い）われました。 黑皮被舊情人說「再也不想看到你」。
	思考	可楽猫は自分（じぶん）が世界一（せかいいち）可愛（かわい）い猫（ねこ）だと思（おも）っています。 可樂貓自以為自己是世界上最可愛的貓。
ように	命令	課長（かちょう）からお客様（きゃくさま）にお茶（ちゃ）を出（だ）すように言（い）われました。 被課長命令把茶端給客人。
	祈願	恋人（こいびと）ができるように神様（かみさま）にお願（ねが）いしました。 向神明許願，希望能有交往的對象。

 條件

💡 用法 　「と」還能用來表示「條件」，用於表示「在某種條件成立後，某件事情一定會發生」。**由於該條件是必然會發生的，因此「と」後面無法接續「意志表現」，例如：「～てください」「～たいです」「～しよう」等。**

🔍 例句　電子レンジで卵を温めると、爆発します。

用微波爐加熱雞蛋的話，雞蛋會爆開。

台湾ではあるお店が流行ると、同じようなお店がすぐにできる。

在台灣一旦某家店流行起來，馬上有會有相同的店家出現。

 發現

駅で電車に乗ると、偶然初恋の人に会いました。

在車站裡一搭上電車，偶遇初戀時的那個人。

💡 用法　「と」作為「發現」用法時，以「AとBました」的句型出

現，B的部分一定是過去式。

例句 駅（えき）で電車（でんしゃ）に乗（の）ると、偶然（ぐうぜん）初恋（はつこい）の人（ひと）に会（あ）いました。

在車站裡一搭上電車，偶遇初戀時的那個人。

お酒（さけ）を飲（の）みすぎて、気（き）がつくと、裸（はだか）で寝（ね）ていた。

酒喝太多，一醒過來，發現脫光光睡著了。

變化

午前中（ごぜんちゅう）は雨（あめ）でしたが、午後（ごご）からは雪（ゆき）となりました。

上午還下著雨，但下午就下起雪來了。

用法 「と」還能用來表示「變化」，需注意的「に」也能用來
表示變化，但「と」是更生硬的用法。

例句 午前中（ごぜんちゅう）は雨（あめ）でしたが、午後（ごご）からは雪（ゆき）となりました。

上午還下著雨，但下午就下起雪來了。

浮気（うわき）がバレて彼女（かのじょ）に殴（なぐ）られる夢（ゆめ）が正夢（まさゆめ）となった。

劈腿被發現而被女朋友毆打的夢竟然成真了。

既定的事實

日本（にほん）では18歳（さい）は未成年（みせいねん）と考（かんが）えられています。

在日本18歲被認定為未成年。

💡 用法　「と」在此一樣作為內容「that」用，但所要強調的是「既定的事實」「大家共通的認知」內容，後面常接續「言（い）います／思（おも）います／考（かんが）えます」等。

🔍 例句　日本（にほん）では18歳（さい）は未成年（みせいねん）と考（かんが）えられています。

在日本18歲被認定為未成年。

「你傷得太深了」は日本語（にほんご）で
「君（きみ）の傷（きず）はあまりに深（ふか）い」と言（い）います。

「你傷得太深了」日文說法是「君の傷はあまりに深い」。

在我的人生中，這三隻貓並不是我的全部，但對這三隻貓而言，我卻是他們的全部，儘管他們逐漸老去，但此時此刻看著他們安靜地睡在我身旁，讓我感到安心與幸福。不管未來如何，我一定會陪在他們身邊，跟他們一起永遠地走下去。

可樂貓吃念助詞の習作

解答參考〈日檢模擬測驗練習本〉

你真的看懂、學會了嗎？馬上驗收一下。

練習一

Q：「告訴朋友」翻成日文的話，是「友達＿＿＿＿話します。」

以下，＿＿＿＿應填入的是哪個呢？

❶ と   ❷ に

✎ 解答：

練習二

Q：以下正確的是哪個呢？

❶ 明日晴れると、洗濯したいです。

❷ もし暑いと、エアコンをつけてください。

❸ 夜になると、涼しくなります。

✎ 解答：

練習三

Q：老師對學生說：「明天早上七點一定要來。」翻成日文為

「先生は学生に明日必ず７時に来る＿＿＿＿言いました。」

以下，＿＿＿＿應填入的是哪一個呢？

❶ と

❷ ように

✎ 解答：

練習四

Q：「コンビニに行くと、友達に会いました。」

適合這句的說明是下列哪一個呢？

❶ 約定後跟朋友見面。

❷ 偶然見到了朋友。

✎ 解答：

練習五

Q：「日本はドイツと戦争をしました。」

適合這句的說明是下列哪一個呢？

❶ 德國是日本的同伴。

❷ 德國是日本的敵人。

❸ 德國是日本的同伴或敵人無法知道。

✎ 解答：

終わる
The end

日語助詞王——王可樂妙解20個關鍵，日檢不失分

Eurasian Publishing Group
圓神出版事業機構
用心閱你對話・視野無限寬廣

如何出版社
Solutions Publishing

www.booklife.com.tw　　　　　　　reader@mail.eurasian.com.tw

Happy Languages　151

日語助詞王——王可樂妙解20個關鍵，日檢不失分

作　　　者／王可樂・原田千春
插　　　畫／米奇奇
發 行 人／簡志忠
出 版 者／如何出版社有限公司
地　　　址／台北市南京東路四段50號6樓之1
電　　　話／（02）2579-6600・2579-8800・2570-3939
傳　　　真／（02）2579-0338・2577-3220・2570-3636
總 編 輯／陳秋月
主　　　編／柳怡如
專案企劃／陳怡佳
責任編輯／張雅慧
校　　　對／張雅慧・柳怡如・王可樂・原田千春・林嬔筑
美術編輯／林雅鈴
行銷企畫／吳幸芳・陳禹伶
印務統籌／劉鳳剛・高榮祥
監　　　印／高榮祥
排　　　版／莊寶鈴
經 銷 商／叩應股份有限公司
郵撥帳號／18707239
法律顧問／圓神出版事業機構法律顧問　蕭雄淋律師
印　　　刷／龍岡數位文化股份有限公司
2017年2月　初版
2023年12月　18刷

定價 400 元　　　　ISBN 978-986-136-480-3

如何才能寫出漂亮又正確的日文句子?

單字跟文法的量一定要足夠,而且必須能正確地使用助詞。

我希望學習者不要對助詞抱持著疑惑而不解,

要盡可能地以輕鬆的態度學習和釐清助詞的用法。

只要能親近助詞,再搭配單字量及文法的活用,日文一定能學好,

也才能寫出、說出漂亮的日文句子。

《日語助詞王——王可樂妙解20個關鍵,日檢不失分》

◆ **很喜歡這本書,很想要分享**

圓神書活網線上提供團購優惠,

或洽讀者服務部 02-2579-6600。

◆ **美好生活的提案家,期待為您服務**

圓神書活網 www.Booklife.com.tw

非會員歡迎體驗優惠,會員獨享累計福利!

國家圖書館出版品預行編目資料

日語助詞王——王可樂妙解20個關鍵,日檢不失分 / 王可樂,原田千春著.
-- 初版. -- 臺北市 : 如何, 2017.02
    248 面;17×23公分 -- (Happy Languages ; 151)

    ISBN 978-986-136-480-3 (平裝)
    1.日語 2.助詞

803.167   105023727